SILVIO HUONDER

Il buio tra le montagne

Prefazione di Fabio Pusterla

A cura di Gabriella de'Grandi

ARMANDO DADÒ EDITORE
LOCARNO

Si ringraziano per il loro contributo:

Pro Helvetia, Fondazione svizzera per la cultura

Cantone Ticino
(contributo derivante dall'Aiuto federale per la salvaguardia
e promozione della lingua e cultura italiana)

SWISSLOS/Promozione della cultura, Cantone dei Grigioni

Città di Coira

Fondazione Oertli

Titolo originale:
Die Dunkelheit in den Bergen

Traduzione di Gabriella de'Grandi

Impaginazione di Lorenzo Inselmini

CH-6600 Locarno, via Orelli 29, www.editore.ch

La casa editrice Armando Dadò editore beneficia di un sostegno strutturale
dell'Ufficio federale della cultura per gli anni 2016-2020

ISBN: 978-88-8281-458-8

I CRISTALLI
Helvetia nobilis

57

Silvio Huonder
(1954)

Prefazione

Cos'è questo nervoso romanzo, questo Il buio tra le montagne, *che rappresenta probabilmente l'opera più importante e più nota del suo autore e che chiama a sé il lettore sin dalla prima pagina, tenendolo avvinto e agitato fino alla fine? È molte cose, e appunto il suo sfuggire ad una definizione semplice ne costituisce forse la cifra maggiore. A prima vista, non c'è dubbio, siamo di fronte ad un romanzo storico, ambientato nel 1821, tra l'estate e l'autunno, in una precisa regione dalla Svizzera, i Grigioni, e più esattamente nei dintorni di Coira e lungo le valli meno distanti dalla capitale. Del romanzo storico tradizionale l'opera di Huonder conserva innanzitutto il tratto fondamentale, cioè l'accurata e documentata ricostruzione del contesto, che l'autore cura con notevole precisione; e anche la manzoniana dialettica tra dato storico e elemento fantastico, poiché anche Huonder, come il Gran Lombardo, sottoscriverebbe forse l'idea che compito del romanziere storico sia di restituire al lettore ciò che i personaggi della vicenda «hanno pensato, i sentimenti che hanno accompagnato le loro decisioni e i loro progetti, i loro risultati fortunati o sfortunati» e così via, nella profonda convinzione che «tutto questo e qualcos'altro ancora è passato sotto silenzio dagli storici; e tutto questo è dominio della poesia». Sicché, da questo punto di vista, con una lingua rapida ed efficace, che unisce la precisione referenziale alle sinuosità simboliche, Silvio Huonder ci propone un affresco convincente, mosso e vivido, della vita quotidiana nelle montagne ottocentesche dei Grigioni, in un periodo, bisogna ancora aggiungere, particolarmente sensibile: il 1821 è infatti l'anno della morte di Napoleone, non per nulla richiamata nel romanzo come una notizia «di cronaca» che non lascia indifferente, e anzi turba, la mente del barone Johann Heinrich von Mont, tra i maggiori protagonisti della narrazione.*

Ma il grande evento è anche simbolo di un trapasso storico: la sconfitta di Napoleone segna l'avvio di un'epoca restauratrice, tutta tesa a negare gli ideali rivoluzionari di trent'anni prima, a ricondurre l'Europa verso un ordine antico ormai improbabile eppure faticosamente imposto, e a ristabilire una buona condotta del popolo attraverso la ferrea applicazione di leggi severissime che somigliano molto a precetti morali: vietato vagabondare, schiamazzare, vietato bere e formare assembramenti, vietato (ai poveri) frequentare le taverne, vietato insomma avvicinarsi troppo a tutto ciò che potrebbe suscitare disordine o, peggio, motivo di riflessione e opposizione, in uno sterminato elenco di divieti e conseguenti pene. E poiché il centro della vicenda di Huonder è un efferato assassinio, in cui vengono massacrati un mugnaio e due giovani donne (la sua serva-amante attuale, e l'altra, che nel tempo l'aveva preceduta, entrambe per di più incinte), il romanzo storico devia velocemente sulla pista del romanzo criminale, e il crimine (con tutto il suo apparato di indagine poliziesca, fuga del presunto assassino, inseguimento, cattura e processo: secondo una trama simile ma opposta a quella de La promessa *di Dürrenmatt, in cui l'assenza di colpevole era motivo di ossessione, laddove qui avviene quasi il contrario, poiché la cattura del colpevole non lenirà per nulla il «perturbamento» quasi alla Thomas Bernhard che aleggia in ogni pagina) non solo occupa il centro della scena, ma si fa a sua volta motivo reale e simbolico di inquietudine, se fa emergere, al di sotto dell'ordine apparente che il barone*

Von Mont deve assolutamente provarsi a garantire, il vero, indiscusso protagonista del romanzo e motore di tutte le vicende: il buio.

Tutto è buio in queste valli sul discrimine della storia europea: buio il paesaggio, nera la carrozza del barone, neri i cavalli che la trainano, tenebrose le condizioni di vita delle popolazioni, avvolte dall'oscurità le loro antiche abitudini, la latente violenza, la pulsione sessuale; o forse dovremmo dire meglio che tutto appare *buio al barone, inseguito da un incubo che lo riconduce a un incidente infantile, ossessionato segretamente da un'incisione erotica perturbante che nasconde nel segreto delle sue carte, e insomma personaggio complesso e scisso tra funzione pubblica e vertigine interiore. Il compito del barone, perseguito con determinazione e competenza, è il mantenimento dell'ordine in qualità di giudice istruttore cantonale, e forse, nel prossimo futuro, di commissario federale per gli stranieri; e il barone crede di credere onestamente nel proprio compito, e ritiene con fermezza che il cervello umano debba creare l'ordine, poiché*

> In tale ordine l'uomo può vivere e svilupparsi, crescere e prosperare, essere felice. Il cervello sta nella scatola cranica, pensò il barone, come un uovo crudo nel guscio, riflette e ci dice cosa dobbiamo fare. E se è malato non possiamo più fidarci di lui. Dal caos il cervello crea solo altro caos, induce ad atti incomprensibili, a un riso stolto, suggerisce frasi insensate e idee che ci rendono infelici e ci precipitano nella rovina, porta all'omicidio. I pensieri di un cervello malato si diffondono come un'epidemia, in modo imprevedibile, si estendono al corpo cui il cervello è preposto, al cranio, al collo, agli arti che compiono azioni ignobili e inconsulte, colpiscono, uccidono, e il disordine si allarga come un incendio nel seccume del sottobosco. Diritto e legge vengono infranti. Solo la giustizia può mettere un freno e difendere il mondo. Solo la giustizia può opporre barriere e confini (e mura carcerarie), se il pensiero oltrepassa i limiti. La medicina può analizzare, comprendere e perfino guarire un cervello come questo. Ma la giustizia c'è per qualcos'altro: ferma la forza distruttiva e malvagia. Agisce con

la forza e il potere della comunità nazionale e dello stato. La sua azione deve essere dura, inflessibile e implacabile. La giustizia non deve lasciarsi piegare, né indebolirsi e imputridire come un albero marcescente, no, deve essere forte, potente e vigorosa. All'influsso distruttivo di un cervello malvagio la legge oppone la giusta pena. A ogni delitto la sua pena. Occhio per occhio, dente per dente.

Ma qualcosa di disperato si intuisce in una simile assoluta convinzione (e in una simile implacabile concezione dell'ordine/giustizia); una paura strisciante, una minaccia inconfessata, la coscienza del disordine in agguato, incontenibile e destinato prima o poi ad invadere i placidi territori della legalità coatta. Un emblema di questa misteriosa inquietudine potrà essere lo strano convoglio che ad un tratto si presenta alle frontiere grigionesi, e a cui verrà negato l'ingresso dai gendarmi al grido quasi isterico «niente animali ammaestrati!»:

Era trainato da un mulo, condotto per la cavezza da una giovanetta scalza, tutta pelle e ossa. Sulle quattro ruote di legno traballanti si ergeva una gabbia, coperta in alto da un telone rattoppato. Cortine sbiadite, un tempo bordò, impedivano di guardare all'interno. Accanto al convoglio camminava un uomo magro con grandi baffi che gli celavano la bocca. Portava una camicia sporca dalle maniche larghe che un tempo doveva essere stata bianca. Anche l'uomo era scalzo. Teneva un orso alla catena. Lo pungolava di continuo nel fianco per farlo procedere spedito. L'orso lanciò ai gendarmi uno sguardo scaltro e indagatore con la coda dell'occhio e rugliò di malumore. L'insolita processione si fermò davanti alla barriera.

E invece la strana compagnia riuscirà in qualche modo a varcare le frontiere, e più avanti il barone in persona la dovrà affrontare sulla piazza di Bonaduz, come un oscuro presagio: «Continuare lotta? Possibile!», ripeterà allora con fare misterioso la ragazza scalza e maliziosa.

L'insonne barone è in qualche modo cosciente del buio che circonda ogni cosa, e forse ne avverte persino il fascino pericoloso, che cerca di negare sprofondandosi stre-

nuamente nel lavoro e nei doveri coniugali, e tuttavia non trovando davvero la serenità che cerca:

> Credeva nell'ordine, nel principio ordinatore, nelle strutture e nelle gerarchie – gli uomini vogliono guidare o essere guidati –, credeva nella legislazione e nella esattezza della legislazione: una singola sillaba, un segno di interpunzione potevano cambiare il contenuto e il significato di una legge. Credeva nei rapporti trasparenti, senza equivoci né zone d'ombra, anche se sapeva che quello era un ideale, irraggiungibile ma da perseguire strenuamente, un nobile traguardo, un principio secondo il quale si poteva e doveva vivere e lavorare.

Ecco perché il barone è un personaggio interessante, contraddittorio e complesso, assalito dai suoi fantasmi interiori e per certi aspetti più vicino all'assassino vero o presunto (lo sfuggente, frustrato orologiaio tirolese Rimmel che «Ogni volta che apriva bocca per dire qualcosa, si interrompeva un istante e strabuzzava gli occhi volgendo lo sguardo in alto a sinistra, come per scrutare l'interno del proprio cervello») che non ai suoi placidi pari o ai suoi ignari sottoposti. Quanto infatti sono diversi da lui, beatamente *diversi, gli altri due protagonisti del romanzo, i mercenari Hostetter e Rauch che tornano a casa dopo il loro servizio in Olanda, incrociano il loro cammino con l'assassinio, vengono nominati gendarmi e sguinzagliati alla ricerca del fuggiasco omicida: uomini semplici, abituati ad obbedire e a fare il proprio dovere, a gustare il vento che scompiglia i capelli mentre guidano la carrozza del barone, a cavalcare per giorni sulle tracce del fuggiasco; non per nulla è uno dei due, Rauch, il più silenzioso, ad apparire nella macabra scena che apre il romanzo come custode del capestro e dei miseri resti che lassù penzolano.*

E gli altri? Le vittime dell'assassinio, i loro familiari, le comparse e le mute folle popolari? «Anime serene nel sonno profondo»: questa frase di Huonder, isolata all'inizio di un capitolo, è riferita prima di tutto alle tre future vittime, che verranno uccise nel sonno; ma si potrebbe forse estendere a molti altri personaggi minori e forse all'intero mondo popolare di questo romanzo, tutto attraversato da tragiche contrapposizioni. Il buio verso la luce, l'alto verso il basso, il silenzio degli umili e la parola dei potenti, l'ordine e il disordine, la serenità e l'inquietudine, il filantropo Pestalozzi contro l'implacabile severità del barone Von Mont: sì, Napoleone è morto, la guerra è lontana, eppure non c'è armonia o pace nell'universo rappresentato da Silvio Huonder. E il lettore intuirà facilmente che una tale strisciante inquietudine non si ferma affatto ai Grigioni del 1821; qualcosa, in questo romanzo, parla anche del nostro oggi, del nostro presente, delle nostre contraddizioni; e lo fa, si può ben dire, più attraverso lo stile che attraverso le vicende narrate, perché sono lo stile, cioè il ritmo narrativo, la lingua e il sistema delle immagini e dei simboli, che trasmettono quasi costantemente la sensazione di minaccia e di timore. In questo senso, bisogna rendere omaggio all'ottimo e non facile lavoro della traduttrice, che ha saputo offrire al lettore italiano un'opera che si legge come in originale, per così dire, e che trasferisce nella nostra lingua il brivido che Huonder ha creato in quella tedesca. Da dove nasce, questo brivido? Forse, una frase riferita al barone («Nel buio la sua fantasia generava mostri»), richiamando in modo scoperto un celebre titolo del Goya più notturno e tenebroso, ci aiuta a capirlo: il sonno della ragione, cioè la (provvisoria, dobbiamo sperare ancora oggi, provvisoria!) sconfitta della giustizia sociale di marca illuminista, è generatrice di mostri, tanto nella società quanto nella vita segreta del barone, segnata da un'antica, imperdonabile e imperdonata ingiustizia.

Quanto al titolo, che è titolo forte e parlante, a metà strada, per il nostro orecchio, tra le versioni italiane de Il buio oltre la siepe *di Harper Lee e* Paura in montagna *di Ramuz, sarà solo da osservare che il concetto di «buio» andrà qui inteso in senso tanto intensivo quanto estensivo, poiché la parola italiana unisce infatti le due sfumature che il tedesco può affidare ai sostantivi* Dunkel *e* Dunkelheit *(è la seconda ad apparire nel titolo originale): buio come situazione opposta alla luce, ma anche essenza e durata del buio, condizione di buio. È esattamente questo vasto nucleo semantico dell'oscurità, si può pensare, il senso profondo dell'opera di Silvio Huonder (e l'osservazione circa il titolo può subito suggerire quanto delicato e arduo debba essere stato il lavoro traduttorio di Gabriella De Grandi, alle prese con un linguaggio sempre sotterraneamente evocativo); come si può intuire anche dalla crescente intensità delle quattro epigrafi che aprono le quattro zone del romanzo. La prima è non a caso tratta dalla lettera di un inviato russo e austriaco nei Grigioni del 1814, e suggerisce appunto il progetto politico restaurativo che aleggia nell'opera; la seconda è tratta da un'altra lettera, stavolta del grande maestro Georg Büchner (il cui* Woyzeck *sarà però anche citato esplicitamente nel romanzo, spia di un omaggio e forse di un'ispirazione comune: «Non più di tre settimane prima a Lipsia un uomo di nome Johann Christian Woyzeck aveva accoltellato a morte l'amante Johanna Christiane Woost»); la terza propone un passo di Gotthelf particolarmente pregnante e appunto «inquieto» sul paesaggio naturale e umano della foresta alpina e della sua «gente inselvatichita»; e per finire la quarta chiama in causa il maggiore e più visionario dei profeti biblici, Isaia, con quattro frementi versetti che riassumono perfettamente lo stato d'animo del barone nel 1821 e, forse, quello dell'autore e dei suoi lettori nei nostri anni:*

Smarrito è il mio cuore,
la costernazione mi invade;
il crepuscolo tanto desiderato
diventa il mio terrore.

Fabio Pusterla

IL BUIO TRA LE MONTAGNE

Gli eventi descritti in questo romanzo
si basano su fatti storici.
Alcuni personaggi e vicende
sono libera invenzione dell’autore.

Nell'autunno dell'anno 1821 il gendarme Karl Rauch, ogni qual volta il servizio glielo permetteva, saliva all'imbrunire in cima alla collina della forca, a sud della città di Coira. A monte della strada che portava a Malix si metteva seduto su una pietra e aspettava il calar della notte. Da lassù aveva un'ampia vista sul patibolo e sulla città che cominciava ai piedi dell'altura.

Dalla forca pendeva un capestro, dal capestro pendeva un cadavere. O ciò che dopo mesi e mesi il vento, le intemperie e le cornacchie avevano lasciato di lui. Non più tardi del 28 agosto il borgomastro aveva scritto una lettera all'illustre Piccolo Consiglio del Canton Grigioni. In tono cortese, con il più profondo rispetto e il dovuto ossequio egli si lamentava del cadavere che, appeso al capestro da ormai troppo tempo, offriva uno spettacolo ripugnante e spandeva un fetore talmente disgustoso che gli abitanti dei dintorni temevano per la propria salute. Il Consiglio prese tempo per rispondere. In luglio la corte criminale aveva condannato il delinquente a restare appeso fino a quando non fosse caduto da sé. Pena una grave sanzione, era fatto divieto di rimuoverlo. A seconda della direzione del vento l'odore giungeva fino alle case più vicine o al bosco a monte della città. In autunno la scena non era migliorata. Le cornacchie avevano scarnificato a colpi di becco tutte le parti molli fino alle ossa. La camicia a brandelli penzolava sulla cassa toracica, che oscillava al vento come una gabbia vuota. Gli uccelli continuavano a svolazzare gracchiando intorno al patibolo. Solo le brache avevano resistito al disfacimento.

Il gendarme Karl Rauch si era offerto volontario per questi sopralluoghi. All'inizio di novembre arrivò il gelo, e il problema dell'odore parve risolto. Ma prima di Natale cominciò il disgelo e una sera, davanti agli occhi del gendarme, quanto era rimasto del corpo cadde a terra. L'uomo alto e vigoroso attraversò subito la strada e scese verso il patibolo, dove si mise a calpestare i resti del condannato e disperse a calci in ogni direzione le parti che si staccavano le une dalle altre. Il teschio fece il volo più lungo e infine rotolò giù per la collina, poi scomparve sotto i cespugli che fiancheggiavano le mura della città. Il gendarme continuò a calciar via le ossa, finché intorno al patibolo non se ne videro più. Procedeva con zelo e pazienza, ma con una espressione stoica, come se nel farlo non provasse nulla. A quel poco che era rimasto ci avrebbero pensato i ratti e le volpi.

Poi scese dalla collina in città e riferì al suo superiore che il cadavere era scomparso dalla forca, e che di certo nessuno poteva raccontare come fosse accaduto.

Per lui la questione era chiusa.

I

Il regno di una indipendenza acefala,
degli assembramenti di popolo, di una legislazione
selvaggia e instabile, parto di una massa scatenata,
sacrilega e rea, dell'abbandono della giustizia,
della disciplina borghese e della polizia
non potrà più tornare. Sappia il Grigioni che,
in quanto membro partecipe di una confederazione,
la quale vive nel rispetto di leggi onorate,
deve conformarvisi per essere degno di questo legame.

Lettera dell'inviato russo e austriaco
presso il governo del Grigioni nell'anno 1814

1

Domenica sera, 8 luglio 1821. Era calata la notte e aveva cominciato a piovere. Faceva così buio che non si vedeva il terreno sotto i piedi. Dei monti all'intorno non si scorgeva nulla. Dalle pendici boscose fluiva un'oscurità forse ancor più profonda che dal cielo. Poteva essere anche pura suggestione, un inganno degli occhi, spalancati alla ricerca di forme e colori nel nulla senza luce.

Nel buio si fondevano il fruscio sommesso della pioggia e un debole biascichio di scarpe invisibili che affondavano nel fango. Di quando in quando un tintinnio breve e leggero, come di una campanella a morto, subito trattenuta da una mano occulta. Chi era pratico del luogo sapeva delle vacche, dei manzi e vitelli che riposavano nei prati, e a volte muovevano la testa pesante per la stanchezza. Chi era pratico del luogo sapeva delle baite dei maggenghi, dove i contadini dormivano con le famiglie, le serve e i garzoni. Sapeva pure che a giorni il bestiame sarebbe migrato più in alto. Gli alpeggi erano ancora deserti. Quell'anno l'erba era cresciuta lentamente. L'inverno era stato lungo e rigido, sulle pendici in ombra delle valli la neve era rimasta fino in piena estate.

Stracci di nebbia trascorrevano sui pascoli, non si vedevano, ma si sentivano sul volto come un alito freddo, e si coglieva da chissà dove un lieve palpito come d'ali d'uccello. Chi quella notte era per via, poteva esser contento di non incontrare nessuno. Se infatti veniva fermato e non sapeva chiarire in modo convincente dove fosse diretto a così tarda ora e perché, passava per un tipo losco e della peggior risma, come ce n'erano tanti a quei tempi. Da quando l'esercito di Napoleone aveva portato nel Grigioni guerra, distruzione e rovina, i vagabondi erano diventati una piaga. Disertori, contadini scacciati dalle terre, artigiani impoveriti in giro per il mondo, orfani adolescenti – tutti cercavano di sopravvivere in qualche modo. Con quello che trovavano per caso o di cui riuscivano a impossessarsi con l'astuzia o la violenza. Non avevano molto da aspettarsi dalla vita, tutt'al più la frusta, la gogna o, se una comunità aveva perso la pazienza, una fune legata a un ramo robusto.

Ben presto i contadini di Laax avrebbero ripreso possesso del loro alpeggio per una breve estate, avrebbero spalancato porte e finestre e arieggiato baita e stalla. Il malgaro avrebbe notato la mancanza di un paiolo di rame e si sarebbe chiesto se lo avessero portato a valle in autunno. Anche se non lo facevano mai. All'improvviso qualcuno si sarebbe accorto che un'imposta era forzata. Nel legno ingrigito dalle intemperie si vedevano alcune tacche chiare, di una leva o di un'arma.

2

Io, barone Johann Heinrich von Mont, nato nel castello di Löwenberg a Schleuis, giuro qui e ora davanti a Dio onnipotente e onnisciente e al Piccolo Consiglio del Canton Grigioni che intendo adempiere fedelmente tutti i doveri del mio ufficio in qualità di giudice istruttore del cantone, svolgere i compiti a me assegnati dalle autorità cantonali competenti, operare a vantaggio del cantone e scongiurare i danni, ma sopra tutto svolgere e promuovere le necessarie investigazioni criminali nell'osservanza delle procedure di legge e nei modi più opportuni, redigere quindi un atto di imputazione adeguato, e nei casi in cui io debba comparire come congiudice, giungere a sentenza ed emettere un verdetto in seguito a ponderata riflessione su tutte le circostanze emerse durante il processo secondo giustizia, in scienza e coscienza, così come oserò risponderne in futuro al giudizio di Dio.

3

Il barone si rigirava inquieto nel letto. La sua sposa, nata contessa Josepha von Salis-Zizers, ora baronessa von Mont, russava accanto a lui. Era un russare femminile delicato, lieve e regolare, che non svegliava il padrone di casa. Ma il barone era agitato. Combatteva in sogno contro fantasmi che lo ossessionavano dall'infanzia, ma anche contro alcuni più recenti. Angosciosi lo erano tutti. Combatteva contro di loro e contro la coperta in cui si era disgraziatamente aggrovigliato, e gemeva. Non era un sonno ristoratore. Quando si portava a letto i problemi per i quali non aveva saputo trovare una soluzione nel corso della giornata, anche dormire diventava un lavoro faticoso. Perché mai non riusciva a risolverli di giorno? Era forse troppo pigro, incapace, inetto, o tutto questo insieme? Neppure la nobiltà era immune da simili inadeguatezze.

Ma la sua condizione era diversa. I compiti erano immani, e ridicoli gli strumenti di cui disponeva. Il peso che gravava sulle sue spalle, di per sé non troppo larghe, era eccessivo. Il barone era responsabile dell'ordine e della sicurezza nel più grande cantone svizzero. Era giudice istruttore, procuratore generale, comandante della polizia e direttore del penitenziario Sennhof. Le autorità e gli abitanti confidavano che li preservasse dal male, dal pericolo, dalla malvagità e dall'illegalità. A nessuno interessava come potesse farcela disponendo di soli venti gendarmi, in un territorio montuoso con centocinquanta valli e quattro dozzine di comuni giurisdizionali in cui si parlava tedesco, romancio e italiano, e che tenevano molto alla propria indipendenza. Un compito impossibile. I gendarmi gli servivano quasi tutti per il controllo dei confini con l'Italia, l'Austria e il Principato del Liechtenstein.

Il barone parlava nel sonno. Le sue parole suonavano come ordini secchi. Aveva caldo, sudava, come divorato dalla febbre. Sognava tre sfere gigantesche, tre pianeti nell'universo che ruotavano lentamente intorno a un centro invisibile. E lui, il barone, doveva modificarne l'orbita, avviarli in un'unica direzione. Un'impresa sovrumana. Emise un gemito più forte, la signora baronessa interruppe i suoi murmuri notturni e chiese: «Heinrich? Sei sveglio?».

No, il signor barone dormiva, nonostante quella irrequietezza affannata. Tre pianeti giganteschi – e lui era solo un uomo, anche se nobile, riconosciuto dal re di Baviera. La famiglia von Mont possedeva un castello a Schleuis nei pressi di Ilanz, capoluogo della Lega Grigia. Il castello di Löwenberg era vuoto da più di vent'anni, e col tempo era caduto in rovina. Porte e finestre erano state scassinate, e a volte vi si nascondevano losche canaglie. Il presidente della Lega Grigia Christian von Marchion aveva richiamato più volte la sua attenzione sul fatto che nella residenza di famiglia dei von Mont si era annidata una marmaglia di senzapatria. I genitori del barone vivevano in Tirolo, e lui occupava con la moglie una casa conforme al suo rango a Coira, ai piedi della corte vescovile. Il penitenziario in cui aveva sede il suo ufficio distava appena cento passi dalla residenza. La mattina poteva uscire a piedi, e dopo le scuderie vescovili si trovava già davanti al pesante portone del Sennhof, rinforzato con barre di ferro.

Anche il penitenziario era una delle sue preoccupazioni, perché non era sicuro. Pochi giorni prima erano fuggite due donne che si erano concesse per denaro nei retrobottega delle mescite di Coira, ed erano state accusate di numerosi furti. Con loro era fuggito un falso medico. L'uomo era ritenuto responsabile della morte di una stimata cittadina di Coira. Qualche settimana prima aveva pubblicato un annuncio nella *Churer Zeitung* presentandosi come chirurgo e vantando numerose referenze. Dal 1 al 6 giugno avrebbe alloggiato all'hotel Lukmanier e sarebbe stato a disposizione per interventi di ogni genere. La signora Foppa, moglie del maestro della corporazione dei sarti, si era fatta operare ed era morta dissanguata. Dalle indagini era emerso che l'uomo non aveva la licenza di medico. La settimana successiva avrebbe dovuto svolgersi il processo, ma l'imputato era fuggito con le due donne.

Il custode non seppe spiegare come fossero riusciti a evadere dal Sennhof. Ma ammise di essersi appisolato per un momento nel posto di guardia. Quando si era svegliato, le donne e il falso medico erano scomparsi. Le porte delle celle erano aperte, il mazzo di chiavi era in cortile. Venzin e Arpagaus, i due gendarmi di stanza nel capoluogo, si erano dati subito all'inseguimento. A quanto si diceva, gli evasi erano stati visti a Maienfeld e volevano squagliarsela scendendo lungo il Reno.

Al risveglio da quel sonno agitato, il barone notò con inquietudine che il lume da notte era spento. Se la prese con la serva, che comprava candele così scadenti, ma anche con il droghiere Moritzi in Kornplatz, che vendeva merce di pessima qualità. Un lume da notte doveva restare acceso fino al mattino, era fatto apposta. Ma il barone non indugiò in tali pensieri. Nel buio la sua fantasia generava mostri. Non faceva differenza che egli fosse consapevole della loro natura oppure no. Quelle forme non erano meno spaventose solo perché erano un parto della sua immaginazione. Inoltre l'immaginazione, pensava, creava le basi per la follia. La mescolanza di realtà e fantasia poteva risolversi in un grave disagio mentale. Era stupido e pericoloso cullarsi consapevolmente in uno stato simile.

Sedeva terrorizzato sul letto, e percepiva il respiro rantoloso della moglie e un abbaio lontano, oltre le mura, come una minaccia indefinita. Si liberò della coperta in cui si era aggrovigliato e cercò a tentoni sul canterano vicino al letto, finché trovò gli zolfanelli e il candeliere d'ottone con la candela di sego. Con le dita tremanti cercò di estrarre uno zolfanello dalla scatola, ne rovesciò alcuni finché riuscì ad accenderne uno e lo accostò allo stoppino. Lì per lì, quando la fiamma vacillò e sulle pareti scivolarono strane ombre, parve che i mostri danzassero, ma poi il lume bruciò con regolarità, il barone riconobbe gli oggetti della camera e si tranquillizzò un poco.

Quanto a riprendere sonno, nemmeno a pensarci. Il panico aveva ceduto a un'attenzione spasmodica. Il mondo si era riassestato, e ora sapeva che non doveva temere altro se non i propri ricordi. Per la precisione era uno solo, un ricordo particolare. Aveva dieci anni allora, e sarebbe dovuto andare in Sudtirolo accompagnato da una serva. Il viaggio era diventato un incubo. Dal ricordo poteva liberarlo solo il lavoro. Non sapeva che ora fosse, ma non aveva scelta. Si tolse la camicia da notte, si vestì, calzò le scarpe, sistemò la sciarpa davanti allo specchio, indossò la redingote e infine si mise a tracolla il cinturone della spada con la fibbia di ottone. Poi prese il lume e uscì dalla camera senza far rumore. Attraversò il grande atrio ed entrò nella Stube, le cui finestre davano sulla Süßwinkelgasse. Fuori era buio. Quando il barone, vestito e armato, sedette finalmente in poltrona, il lume sul davanzale accanto a sé, e prese in mano l'ultimo numero della *Churer Zeitung*, era pronto ad affrontare ogni compito e ogni problema.

Cominciò a leggere il giornale dall'ultima pagina, come suo solito. Scorse le brevi notizie locali. Era successa una disgrazia: nell'orfanotrofio di Coira una donna era caduta in un calderone di liscivia bollente e poco dopo era morta fra atroci dolori. Il barone ne aveva già sentito parlare. Un tragico incidente.

Trovò un annuncio della libreria e stamperia Orell, Füßli & Co. di Zurigo. Dal mese di luglio la *Neue Zürcher Zeitung* sarebbe uscita tre volte la settimana e, oltre alle informazioni dall'estero, avrebbe riportato soprattutto notizie dalla Svizzera. Il prezzo per sei mesi era fissato a sei franchi svizzeri. La redazione della *Neue Zürcher Zeitung*, così era scritto, si impegnava a informare i suoi stimati lettori con articoli brevi ed esaustivi sugli eventi principali basandosi sui fatti, in modo imparziale e oggettivo, in una lingua adeguata e seria, ma libera, e con la maggiore tempestività possibile.

Continuò a sfogliare il giornale dando un'occhiata ai titoli. All'improvviso si fermò a una pagina: Napoleone Bonaparte, già Imperatore dei francesi, era morto il 5 maggio di quell'anno sull'isola di Sant'Elena. Si diceva che, giunta la sua ultima ora, avesse indossato l'uniforme e si fosse fatto allacciare la spada. Secondo una fonte attendibile, il generale Bonaparte aveva voluto morire da soldato.

Il barone Johann Heinrich von Mont, trentatré anni, sedeva in poltrona nella Stube, in piena notte, vestito di tutto punto, con una redingote attillata color grigio tortora dalle cuciture nere e i bottoni neri, che ne sottolineavano il carattere militare, e con la spada a tracolla, armato per uscire. Lasciò cadere il giornale, osservò la propria immagine riflessa nel vetro della finestra e si sentì colto in flagrante.

Sebbene avesse concluso la propria formazione e carriera giuridica nel Regno di Baviera, e prima ancora nella Monarchia asburgica, quindi in stati nemici dei francesi, e nonostante i francesi avessero portato nel Grigioni devastazione e sventure, von Mont nutriva grande ammirazione per Napoleone. Vedeva in lui uno stratega geniale di energia pressoché inesauribile. In questo era d'accordo con il suo signor padre. In passato Peter Anton Moritz von Mont era stato ufficiale della Guardia svizzera in Francia.

Voleva vedere in sé un tratto napoleonico, il signor barone, un condottiero instancabile nemico del disordine, dell'illegalità e dell'ambiguità, un soldato in lotta contro tutto ciò che era vago, insondabile, inafferrabile. A dieci anni aveva lasciato il Grigioni per frequentare il ginnasio a Merano, e aveva cominciato a interessarsi vivamente per il diritto. Il viaggio si era svolto sotto una pessima stella – meglio non pensarci! –, eppure tale circostanza aveva rafforzato il suo interesse per la giustizia. Dopo il ginnasio aveva studiato a Innsbruck, poi a Landshut, e a Monaco aveva superato l'esame di stato. Sebbene fosse diventato assistente presso l'Alta Corte di Appello e avesse davanti a sé una brillante carriera al servizio del regio governo bavarese, tre anni prima aveva deciso di tornare nel Grigioni e di assumere la carica di giudice istruttore e comandante della polizia. Impresa più ardua di quanto avesse immaginato. Nei comuni giurisdizionali del cantone regnavano anarchia e abusi. La giustizia veniva amministrata in modo arbitrario. Le famiglie influenti delle valli e dei comuni isolati non intendevano cedere il potere né sborsare denaro. Soprattutto i cattolici, dei quali faceva parte egli stesso, tentavano di impedire o vanificare le iniziative del cantone: scuola, sanità, polizia.

Il barone doveva procedere con cautela ed estendere l'autorità del proprio ufficio lentamente, ma con costanza. A tale scopo gli servivano più uomini in grado di intervenire con risolutezza al suo comando. Soldati che gli dessero manforte nella lotta contro l'ingiustizia. Gendarmi come Venzin e Arpagaus. Gli servivano molti più gendarmi di quanti il governo cantonale non gliene avesse accordati fino ad allora.

4

Lungo la strada che dal lago di Costanza risaliva la valle del Reno camminavano due uomini molto diversi tra loro. Uno era un tipo lungo come una pertica, largo di spalle, l'altro era snello, aveva una testa di biondi riccioli incolti e i favoriti, com'erano di moda a quel tempo. Mentre lo spilungone faceva tre passi, il biondo ne faceva quattro. In tal modo procedevano affiancati, a un ritmo insolito che tuttavia non pareva disturbarli. Camminavano vicini senza parlare, non così freschi e veloci come il primo giorno, ma con una meta precisa davanti agli occhi. Volevano arrivare, come cavalli stanchi che hanno nostalgia di casa. Erano in viaggio da diverse settimane, infaticabili nella canicola e con la pioggia. Andavano avanti con il vento da nord alle spalle o con il vento da sud in faccia. Si spostavano di giorno e dormivano di notte, all'aperto sotto un albero, nei fienili e, assai di rado, in un letto.

Erano diretti a sud, verso il loro paese. Da Bergen op Zoom, dove avevano prestato servizio nell'esercito reale olandese durante gli ultimi quattro anni, avevano attraversato i principati tedeschi lungo il Reno fino al lago di Costanza, per poi continuare a risalire la valle del Reno. Ciascuno portava ben nascosto addosso quanto aveva risparmiato della paga, e un salvacondotto con firma e sigillo del maggiore generale Jakob von Sprecher, comandante del reggimento grigione nell'esercito del re Guglielmo I.

Linus Hostetter e Karl Rauch, così si chiamavano il biondo e lo stangone, si erano arruolati con altri giovani grigionesi. Trascorso il periodo di ferma concordato, in primavera sarebbero potuti entrare nella Compagnia delle Indie orientali. Ma la nostalgia e il rimpianto dei paesaggi alpestri li avevano riportati fra i monti.

Il piccolo Karli, come lo chiamavano in casa nonostante la sua altezza smisurata, undicesimo e ultimo figlio di un contadino di montagna della Val Lumnezia, aveva avuto una vita dura. A nove anni la famiglia lo aveva appaltato come bovaro a un ricco contadino algoviese e dopo sei anni di fame, botte e sofferenze di ogni sorta, aveva ricevuto una giacca rattoppata e un paio di scarpe usate ed era stato rimandato nel Grigioni con un venditore ambulante.

Per sua fortuna un cugino del padre aveva accettato di assumerlo come apprendista. Zio Mohn era membro della corporazione dei fabbri di Coira e pensava che un tipo così alto e massiccio, con le spalle larghe, fosse adatto a ferrare i robusti cavalli da carrozza. Il primo anno Karli non aveva avuto altro da fare che tenere ferma la zampa del cavallo, mentre zio Mohn o il garzone ferravano lo zoccolo. Aveva tutto il tempo di osservare come si faceva. Giorno dopo giorno stava chino di fianco al cavallo e con la mano salda teneva stretta sulla coscia la zampa anteriore o quella posteriore, mentre si pareggiava lo zoccolo, si applicava il ferro rovente e, quando era freddo, lo si inchiodava. Il fumo del corno bruciato gli saliva in faccia e diventava il suo stesso odore, di cui non si liberava più. C'erano cavalli pigri che gli appoggiavano tutto il loro peso sulla coscia, altri erano nervosi, inquieti, caparbi. Karli stava fermo e non si lamentava. Solo a volte, quando un ronzino si mostrava particolarmente riottoso e indocile, lo colpiva sulla pancia con il palmo della mano, e la pacca era così energica e sonora che la bestia si immobilizzava subito, tutta tremante. Dopo la ferratura Karli radunava le rifilature degli zoccoli e le gettava nella cassetta. Una volta la settimana passava a prenderle il vignaiolo del vescovo, che le utilizzava per concimare le viti. Se verso sera rimaneva un po' di tempo prima del buio, e le braci della fucina non erano ancora spente, Karli aveva il permesso di raddrizzare i ferri assottigliati e consumati per farne lame da coltello.

Dopo un anno Karli chiese allo zio quando avrebbe potuto ferrare un cavallo anche lui.

«Quando verrà il momento» rispose lo zio, e smosse le braci finché sprizzarono scintille.

«E quando verrà questo momento?» chiese Karli.

Zio Mohn prese il ferro incandescente con le tenaglie, lo esaminò tenendolo sopra lo zoccolo e lo applicò. Si levò il fumo denso del corno bruciato che avvolse Karli come una nebbia. Quella fu la risposta.

Le montagne che fiancheggiavano la valle del Reno si andavano stringendo e si facevano più alte. Il paesaggio davanti a loro divenne più roccioso, sulle cime spiccavano chiazze bianche, neve d'estate. Ancora due giorni e sarebbero stati finalmente a casa. Camminando si aveva il tempo di riflettere su alcune cose. Karl Rauch era poi diventato maniscalco, ed era molto soddisfatto. Hostetter lo osservava di lato e colse una traccia di buonumore sul suo volto.

«Sei contento di tornare a casa?» gli chiese.

«Non so» rispose Rauch.

Nel pomeriggio si lasciarono alle spalle la cittadina di Dornbirn, diversi carri gli passarono accanto senza che nessuno li invitasse a proseguire insieme, finché un vetturale con un grosso carico di botti di sale ebbe pietà dei viandanti che gli facevano cenno e li fece salire. Rauch si mise a cavalcioni di una botte, mentre Hostetter si arrampicò a cassetta vicino al vetturale e cominciò subito a parlare di questioni tecniche del carro. Già da bambino Hostetter aveva mostrato una vera e propria passione per la guida dei cavalli. Figlio di un commerciante di bestiame, non perdeva l'occasione per tenere in mano le redini. Ora aveva trovato un ascoltatore benevolo e raccontò degli imponenti brabantini da carrozza, forti e docili, e del suo tiro a sei, con il quale nei Paesi Bassi aveva trainato il cannone da tre libbre. Un ufficiale di artiglieria lo aveva notato e Hostetter aveva potuto mostrare il suo vero talento di conduttore di cavalli. Per lui non c'era niente di peggio che immaginarsi una vita a piedi, come nelle ultime settimane. Mentre parlava del suo argomento preferito, notò nel vetturale una certa pigrizia, un modo indolente di lasciare le redini penzoloni mentre i cavalli sceglievano il percorso a proprio piacimento. Dovette trattenersi dal prendere in mano le redini.

Poco prima di Feldkirch, dove la strada era affiancata da alte siepi e descriveva una curva di cui non si vedeva la fine, dovettero fermarsi dietro una carrozza. Il vetturale si scosse dall'inerzia e cominciò a urlare. «Ehi, cosa capita? Siete ubriachi o dormite?». Nessuna risposta. Hostetter balzò a terra e andò a vedere, seguito da Rauch. Un landò verde scuro tirato da una pariglia di cavalli bianchi sbarrava la strada, due signori guardavano preoccupati fuori dal finestrino, il cocchiere a cassetta scrollò le spalle e indicò oltre la carrozza. Davanti al landò c'era un carro di fieno, poi un altro trabiccolo e così via. Una fila interminabile di convogli. Poi videro l'ostacolo. Nel punto in cui un albero restringeva la strada, le ruote di due veicoli si erano incastrate: un tiro a quattro carico di tronchi e un cabriolet leggero a un solo cavallo. Dalla parte del carro ci sarebbe stato spazio a sufficienza per scansarsi. Il carrettiere frustava i cavalli per forzarli a passare, ma non ci riusciva. Nel cabriolet sedevano un anziano signore e una donna piuttosto giovane. Il signore anziano cercava inutilmente di far arretrare il suo grande cavallo marrone. Il cabriolet era incastrato fra il carro e l'albero. La donna guardò impotente i due amici, lo stangone Rauch le si avvicinò e l'aiutò a scendere.

Hostetter si meravigliò alquanto, di solito i problemi delle signore, la sua seconda passione oltre ai cavalli, erano di sua competenza. Da quando conosceva Rauch, che all'epoca era ancora apprendista del fabbro, non lo aveva mai visto parlare con una creatura di sesso femminile. E ora porgeva la mano a quella sconosciuta? Che si conoscessero? Era piuttosto alta per una donna e aveva movenze lente, ma non prive di grazia. Nonostante il caldo portava sulle spalle uno scialle di lana e teneva in mano una borsetta. Era vestita da viaggio.

Poi l'attenzione di Hostetter fu di nuovo attratta dal carrettiere imbestialito, che imprecava e faceva schioccare la frusta. Il tipo doveva essere ubriaco e non capiva che non avrebbe comunque superato i veicoli in attesa. Toccava a lui indietreggiare un poco per lasciar passare gli altri. Hostetter afferrò le redini e cercò di tranquillizzare i cavalli. Vide che il compagno continuava a chiacchierare con la donna e lo chiamò in aiuto: «Ehi, Rauch!». All'improvviso sentì un bruciore sulla guancia, come la puntura di un calabrone. Il carrettiere ubriaco aveva alzato di nuovo la frusta. Rauch lo raggiunse con un balzo, gliela strappò di mano e la scagliò oltre la siepe. Il carrettiere lasciò cadere le redini e alzò i pugni contro Rauch, ma avrebbe dovuto pensarci meglio. Rauch lo afferrò per il braccio, lo tirò giù, lo prese per la giacca e scaraventò anche lui oltre la siepe. Poiché il carrettiere era un po' più pesante della frusta, planò sui rovi spinosi e cominciò a urlare come un ossesso.

Mentre il carrettiere cercava faticosamente di districarsi dalle spine graffiandosi tutto, Hostetter fece retrocedere il tiro a quattro fino a liberare le ruote. Rauch alzò il cabriolet da dietro e lo scostò leggermente dall'albero. Poi aiutò la donna a risalire in carrozza. Lei gli propose di percorrere l'ultimo tratto di strada fino a Feldkirch con loro. Il signor dottore non avrebbe avuto di certo nulla in contrario, in considerazione dell'aiuto che avevano ricevuto. Hostetter non credette ai suoi occhi quando Rauch accettò l'invito. Il signore anziano si spostò sul bordo sinistro del cabriolet, la donna alta sedette al centro, Rauch prese posto alla sua destra.

«Ci vediamo a Feldkirch!» disse Rauch e fece un cenno del capo a Hostetter.

I cavalli cominciarono a tirare, i veicoli si rimisero in movimento uno dopo l'altro e le ruote cigolanti passarono con fracasso davanti a Hostetter, che dovette aspettare finché comparve il carro del sale e lui poté sedersi di nuovo accanto al vetturale.

5

Il cabriolet era predisposto per due persone, in tre il sedile imbottito era un po' stretto. Tuttavia la giovane era allegra e trovava divertente essere intrappolata fra due uomini.

«Mi chiamo Franziska» disse e regalò a Rauch un sorriso. Lui fissava la carraia davanti a sé. Il grande cavallo marrone andava al passo dietro il veicolo che lo precedeva.

«E il nostro salvatore?» chiese, visto che neppure dopo una pausa piuttosto lunga Rauch dava segno di volersi presentare. «Come vi chiamate?».

«Rauch» disse lui.

«Rauch, fumo? Divertente. C'è anche arrosto?».

Si sforzò di pensare cosa rispondere, ma non gli venne in mente nulla.

«Avrete anche un nome» disse lei.

«Sì» rispose. Fece una pausa per capire quale relazione ci fosse tra il suo cognome e l'arrosto, la donna rise e infine lui aggiunse: «Karl».

Non sapeva cosa gli stava capitando. Mai una donna gli aveva chiesto il suo nome. E comunque, da quando non era più sotto la custodia materna, era capitato assai di rado che una donna avesse chiacchierato con lui. Il suo era stato un mondo maschile, bambino di Svevia[1], apprendista fabbro, mercenario. Le donne erano tutt'al più comparse marginali. Si accorgeva della loro presenza da lontano, le percepiva come creature estranee alle quali i suoi compagni d'armi in libera uscita davano la caccia, primo fra tutti Hostetter. E ora un corpo tiepido e morbido premeva contro il suo fianco, e la donna gli faceva domande che lo confondevano. Ci mise un po' a

1. Fra il XVII ed il XX secolo i cosiddetti bambini di Svevia, figli di contadini poveri, provenienti dal Tirolo, dall'Alto Adige, dal Liechtenstein e dalla Svizzera, venivano messi all'asta e impiegati in Svevia dai proprietari terrieri per lavori stagionali (N.d.T.).

cogliere il senso delle sue parole. C'è anche arrosto? Lui comunque una casa col focolare non l'aveva. E ne era passato di tempo da quando lavorava in una fucina. Era quello che intendeva?

A quel punto la giovane curiosa gli fece un'altra domanda:

«Da dove venite?».

«Da Vrien,» rispose «in Val Lumnezia».

«È nel Grigioni,» disse lei ridendo «ma voi venite dalla parte opposta. Andate a casa?».

«Sì» disse Karl.

Un tipo di poche parole, pensò il signore anziano che teneva le redini e faceva mostra di concentrarsi sul traffico e di non ascoltare.

La giovane non pareva infastidita dalla laconicità del nuovo compagno di viaggio. «E dove siete stato?» chiese.

«In Olanda, sotto le armi».

«Allora siete un mercenario che torna al paese?» disse lei. «Ecco perché sapete darci dentro, la lite con il carrettiere, voglio dire, che tipo rozzo, e anche ubriaco. Sono proprio contenta che il signor dottore sia stato così gentile da prendermi con sé fino a Feldkirch. Sono di Dornbirn, vado nel Grigioni anch'io» aggiunse.

Rauch era felice di poter ascoltare senza dover più rispondere a domande complicate.

«Oggi dormo a Feldkirch da mia zia,» raccontò con franchezza «domattina di buon'ora prendo la diligenza. Vado dal mio padrone di prima, mi deve dei soldi. Avrete un lavoro anche voi».

«Maniscalco».

«Un buon lavoro,» disse con serietà «cavalli ce ne saranno sempre, finché l'uomo dovrà viaggiare. Bevete ogni tanto?» gli chiese dopo una pausa.

«Grappa?».

«Sì?».

«Non molto».

«Bene. Un uomo non deve bere troppo, e deve essere alto. Sono le due cose più importanti».

Lui era alto e beveva di rado, pensò Karl.

«Dove potrei trovarvi se volessi fare visita a Karl Rauch, dopo avere concluso con il mio padrone?» chiese ridendo, come se avesse fatto una battuta.

«A Coira, dal fabbro Mohn,» rispose Rauch serio «è mio zio, forse mi riassume».

Che frase lunga, pensò il dottore, che faceva molta attenzione alle ruote quando incrociava altre carrozze.

6

Hostetter ritrovò l'amico sulla piazza principale di Feldfkirch. Rauch era seduto sul bordo della fontana e teneva la faccia rivolta al sole con gli occhi chiusi. Il cabriolet con la donna non c'era più.

«Franziska dorme in casa di parenti,» disse Rauch, «e domani prosegue con la diligenza».

«Sai già il suo nome?» chiese Hostetter incredulo.

«Vuole venire a trovarmi a Coira» disse Rauch. «Dopo che ha sistemato le cose con il padrone, viene a trovarmi».

Hostetter e Rauch passarono la notte da un contadino di Schaan. Dopo avergli portato nella stalla un grosso carico di fieno, ebbero il permesso di sedere a tavola con lui e mangiare una zuppa di patate. Il fieno fu il loro giaciglio. Aveva un profumo fresco e secco.

«Come hai detto che si chiama?» chiese Hostetter, quando si furono messi comodi l'uno accanto all'altro.

Rauch prese tempo, poi disse: «Chi?».

«Hai chiacchierato con altre donne oggi?» chiese Hostetter. «Non mi stupirebbe. D'ora in poi ti crederò capace di tutto» disse punzecchiando l'amico, anche se sapeva che Rauch non si lasciava punzecchiare, mai. Era come cercare di infastidire una statua. Dopo anni Hostetter non sapeva ancora se Rauch fosse duro di comprendonio, se non avesse il senso dell'umorismo o che altro. Tutt'al più rideva quando sbatteva la testa da qualche parte. E comunque non sempre. Come quella volta in caserma, quando aveva strisciato carponi sotto il tavolo. Hostetter non lo avrebbe mai dimenticato. Un soldato si era tagliato una fettina di salsiccia, che era rotolata oltre il bordo del tavolo ed era caduta per terra. L'uomo era troppo pigro per raccoglierla. Rauch sparì sotto il tavolo, e quando vide che nessuno avanzava pretese sulla salsiccia, si mise a girare gattoni tra i piedi dei camerati che ridevano e schiamazzavano e lo prendevano a calci, finché la trovò e se la ficcò in bocca. Prima di riemergere batté la testa contro il tavolo e fece vacillare i bicchieri. Poi tornò a sedersi come se niente fosse. Come se nessuno si fosse accorto della sua battuta di caccia. Gli altri continuarono a ridere di lui, poi dimenticarono l'accaduto. Hostetter non rise. Gli dispiaceva che Rauch non si accorgesse nemmeno quando lo prendevano in giro.

Rauch e la sua paura di non avere niente da mangiare. Quando se n'erano andati dal Grigioni, gran parte della popolazione soffriva la fame a causa di cattivi raccolti e dell'aumento dei prezzi dei generi alimentari. Le forniture di grano ordinate in Italia non arrivavano per mesi. Ci vollero anni prima di conoscere la causa di quella carestia: l'eruzione di un vulcano nella lontana Indonesia e le gigantesche nubi di cenere avevano regalato all'Europa un anno senza estate. Ma nell'esercito ricevevano cibo a sufficienza. E durante la ferma non dovettero andare in guerra. Da bambino Rauch aveva patito la fame. A casa nella famiglia di tredici persone, poi con gli svevi. Da allora era radicata in lui la paura che prima o poi non ci sarebbe stato più niente da mangiare. I pasti erano molto importanti per lui. Da quando erano in viaggio, per Rauch quasi tutto ruotava intorno al cibo. Cosa mangeremo stasera? Dove troveremo qualcosa a mezzogiorno? Quando faremo colazione? Non era panico, ma una frenesia organizzativa che a volte per Hostetter diventava un tormento. Come se fosse stata l'unica cosa di cui doversi preoccupare! Avere qualcosa da mettere in pancia! Per Hostetter contava molto di più non fare una vita a piedi, o senza donne.

Erano coricati sul fieno, tra le assi della stalla filtravano deboli strisce di luce. Rauch si era già addormentato? Non aveva ancora risposto alla domanda, e Hostetter riprese il filo del discorso: «La donna alta di Dornbirn, intendo. Non dirmi che hai dimenticato come si chiama».

«Franziska».

«Franziska? Un po' rotonda in vita, ma di bella presenza. Ti è piaciuta, vero?».

«Una persona gentile» rispose Rauch dopo una pausa piuttosto lunga.

«Una persona gentile? Tutto qui? Se vuoi essere accolto nella corporazione dei fabbri, ti occorre una moglie, Karli, da scapolo non va».

«Non so» disse Rauch.

«Cosa non sai?».

«Se trovo lavoro a Coira. Forse da qualche altra parte. A Thusis o Davos. Di maniscalchi c'è bisogno ovunque».

«Non ha detto che vuole farti visita?».

Lunga pausa.

«Hai detto così, o sbaglio?».

«Sì».

«Dove ti troverà? Non sai ancora dove puoi sistemarti».

«Può chiedere di me a mio zio, le ho detto, o al Meerhafen».

Il Meerhafen era una mescita nel Süßen Winkel di Coira, dove si incontravano i someggiatori. Hostetter ripensò al groviglio di stradine in cui era cresciuto, e si addormentò.

7

Gran parte dei grigioni vivevano in povertà, la miseria imbarbariva i costumi. Le autorità di Coira si videro costrette ad affiggere un'ordinanza fuori del municipio, e inoltre a farla leggere la domenica nelle chiese. Si esprimeva la preoccupazione per il proliferare di divertimenti e svaghi dispendiosi nella città. Le osterie erano mete troppo frequenti. Il vizio del gioco portava alla rovina di numerose famiglie e attività. L'influenza deleteria e scandalosa sulle classi più povere era inaccettabile. Occorreva tener conto delle necessità di quei tempi difficili. Si esortavano i cittadini più abbienti ad astenersi da ogni sfoggio frivolo e superfluo di abiti, cibi, bevande e sollazzi di qualsiasi genere, e a condurre piuttosto una vita laboriosa, sobria e ritirata. Inoltre i cittadini benestanti avrebbero dovuto distinguersi nella partecipazione attiva alle sorti del prossimo bisognoso.

Il Consiglio cittadino vietò dunque fino a nuovo ordine tutte le danze la domenica e nei giorni festivi, sia nelle osterie sia nelle case, ai matrimoni, negli anniversari o in altre occasioni, senza eccezione alcuna, sotto pena di venti Pfund. Nei giorni lavorativi era consentito ballare fino alle nove di sera, dietro versamento di un contributo di dieci Pfund all'ospizio dei poveri e con l'autorizzazione particolare del podestà, il quale tuttavia si riservava di permettere o vietare le danze a propria discrezione. Erano vietate feste danzanti senza il suo esplicito consenso, sotto pena di venti Pfund.

Mascherarsi era proibito tutto l'anno, sotto pena di Pfund uno pro capite.

Era vietato andare in slitta per puro divertimento la domenica e nei giorni festivi, sotto pena di nove Pfund. Era consentito nei giorni lavorativi per grandi slitte a più posti, dietro pagamento di tre Pfund.

Mescite e caffè dovevano chiudere per tutti alle nove di sera.

Era vietato vagare e schiamazzare di notte nelle strade e nei vicoli durante tutto l'anno, anche la notte di San Silvestro, sotto pena congrua.

Era vietato sparare, lanciare razzi, far esplodere serpentelli et sim. durante tutto l'anno e anche la notte di San Silvestro in città e nei dintorni, sotto pena di arresto per ventiquattr'ore, senza riguardo al censo della persona.

A tutti i cittadini che non erano in grado di mantenere i famigliari (mogli, figli o genitori) senza un sussidio esterno, era fatto divieto di bere e giocare nelle osterie senza eccezione alcuna, sotto pena di detenzione immediata e improcrastinabile. L'elenco dei nomi dei cittadini che fino ad allora avevano frequentato troppo sovente quei luoghi doveva essere affisso nei locali come avvertimento per gli osti.

8

Sul limitare del villaggio di Versam sorgeva una semplice casa di contadini. A quella tarda ora una debole luce rischiarava ancora una delle finestre. Nella cucina bassa tre uomini sedevano a tavola. Franz Rimmel, un orologiaio tirolese di cinquantadue anni, che da lungo tempo si spostava nel Grigioni e in Valtellina come lavorante occasionale. Aveva una moglie a Lantsch che, a quanto si diceva, aveva lasciato da lungo tempo per altre donnicciole di malaffare. Rimmel era piccolo e mingherlino, aveva gli occhi rossi e vitrei del bevitore accanito. Non si radeva, ma aveva solo qualche cespuglietto di peli sottili. Ogni volta che apriva bocca per dire qualcosa, si interrompeva un istante e strabuzzava gli occhi volgendo lo sguardo in alto a sinistra, come per scrutare l'interno del proprio cervello.

Di fronte a lui sedeva Hansmartin Bonadurer, che abitava nella piccola casa con la moglie e sette figli, largo di spalle, la barba nera brizzolata. Accanto a lui Hans, il fratello minore di trentasette anni, che aveva moglie e un figlio a Pitasch. Sul tavolo c'erano piatti con ossi di pollo scarniti, bicchieri e una bottiglia di grappa mezza piena. Pollo e grappa in un giorno di lavoro come tutti gli altri? La bottiglia l'avevano portata il fratello minore e Rimmel. Avevano portato anche il pollo, e ora la moglie del padrone di casa stava raccogliendo gli ossi in una pentola. Dopo che i bambini avevano mangiato la loro zuppa di farina, li aveva mandati a letto. Anna avrebbe bollito gli ossi per la zuppa da mettere in tavola il giorno dopo. Anche se era arrabbiata per via del pollo. Perché probabilmente i vicini sapevano chi decimava i loro pollai. Anna si disse che alla fine avrebbe bruciato gli ossi nel focolare. Era una donna scarna, aveva capelli scuri e lisci, una faccia abbronzata e mani grandi. Non le piaceva il modo in cui la guardava Rimmel. Né come gli uomini parlavano per enigmi. Era tutta la sera che parlavano di qualcosa senza nominarla.

«Là di roba ce ne sarebbe» disse Rimmel.

Nella pausa che seguì Bonadurer ringhiò alla moglie: «Che aspetti?».

«La zuppa per domani» disse lei.

«Sparisci!».

La donna riempì la pentola d'acqua, la mise sul fuoco e aggiunse un ciocco tra le braci. Poi fece per togliere dalla tavola le stoviglie sporche, ma il marito la rimbrottò: «Smettila di gingillarti!».

Rimmel storse gli occhi in alto a sinistra prima di ripetere quello che aveva già detto: «Là di roba ce ne sarebbe».

«Per essercene, ce n'è molta» disse il Bonadurer più giovane. «Ma ne vale la pena?».

Quando Anna tentò per la seconda volta di sgomberare la tavola, il marito le assestò un colpo sulla nuca e urlò: «Non provocarmi!».

Rimmel prese la bottiglia e riempì di nuovo i bicchieri.

La donna andò nella stanza accanto. I cinque figli più grandi dormivano in soffitta, i due più piccoli in un lettino sotto la finestra. Anna li coprì per bene, si tolse il grembiule e la gonna e si coricò in camicia. Attraverso la parete coglieva il bisbiglio delle voci. Non capiva una parola, ma ciò di cui parlavano quei tre seduti al tavolo di cucina non poteva essere niente di buono. Non poteva essere niente di buono, non con Rimmel e il cognato. Cosa stavano a perder tempo quei due in casa sua, in pieno luglio, il mese del fieno, in un giorno di lavoro come tutti gli altri. Finora erano riusciti a fare il fieno del loro unico prato anche da soli, lei con il marito e i figli. Con gli altri due non avrebbero risparmiato tempo. Pure il cognato aveva moglie e un figlio. Come mai non era con loro? Ascoltò i mormorii e le lunghe pause. Quando Dio volle la contadina Anna Bonadurer si addormentò con cattivi presagi. Li portò con sé nei suoi sogni, dove continuarono a tormentarla.

9

La mattina seguente, mercoledì 11 luglio, Hostetter e Rauch furono superati da una diligenza poco dopo Feldkirch. Si scansarono per lasciarla passare, e all'interno videro Franziska. Anche lei aveva visto Rauch e gli fece un cenno di saluto dal finestrino, finché la diligenza scomparve dietro una curva.

«Il secondo incontro,» disse Hostetter in tono eloquente quando si rimisero in cammino «ma non c'è due senza tre!».

«Chi lo dice?» chiese Rauch.

«Non ne ho idea, si dice così e basta».

Verso mezzogiorno, quando il sole era alto, scesero per la strada del Luziensteig. Prima del comune di Fläsch la barriera segnava il confine tra il principato del Liechtenstein e il Grigioni. Il confine tra il principato del Liechtenstein e la Confederazione svizzera, per la precisione. Tuttavia per un grigione era meno importante.

I gendarmi Venzin, Arpagaus e Clopath stavano accanto alla sbarra. Clopath era di stanza a Fläsch e controllava il traffico che scendeva dalla strada del Luziensteig. I tre erano immersi nella conversazione. Parlavano delle due donne e del falso medico che erano evasi insieme dal Sennhof di Coira ed erano in fuga. No, negli ultimi giorni Clopath non aveva notato nessun trio sospetto che voleva lasciare il cantone. Ma se si spostavano a piedi, non era detto che gli sarebbero passati davanti, lì alla barriera. Avrebbero abbandonato la strada procedendo fra i cespugli.

Questo lo sapevano anche i gendarmi Venzin e Arpagaus. Ma dovevano fare rapporto e raccogliere informazioni su eventuali avvistamenti.

Hostetter e Rauch si avvicinarono alla sbarra e mostrarono i salvacondotti. Avevano il permesso di passare, ma furono coinvolti in una lunga chiacchierata. I gendarmi volevano sapere tutto di loro. Com'era stata la ferma? Sopportabile. Il paese? Piatto. Il tempo? Ventoso. E le donne olandesi? Guance rosse, capelli biondi.

Mentre discorrevano, si avvicinò uno strano convoglio che proveniva dall'altra parte della barriera, quindi dall'estero. Era trainato da un mulo, condotto per la cavezza da una giovanetta scalza, tutta pelle e ossa. Sulle quattro ruote di legno traballanti si ergeva una gabbia, coperta in alto da un telone rattoppato. Cortine sbiadite, un tempo bordò, impedivano di guardare all'interno. Accanto al convoglio camminava un uomo magro con grandi baffi che gli celavano la bocca. Portava una camicia sporca dalle maniche larghe che un tempo doveva essere stata bianca. Anche l'uomo era scalzo. Teneva un orso alla catena. Lo pungolava di continuo nel fianco per farlo procedere spedito. L'orso lanciò ai gendarmi uno sguardo scaltro e indagatore con la coda dell'occhio e rugliò di malumore. L'insolita processione si fermò davanti alla barriera.

I gendarmi si erano drizzati con una mossa istintiva, spalle tese e petto in fuori. Conoscevano tutte le norme di carattere generale e particolare. Il paragrafo 18 delle consegne diceva: coloro che mettono in mostra bestie feroci, ad esempio orsi e lupi, così come animali mansueti, insieme ai quali si trovi pure qualche bestia feroce, devono essere respinti ai confini del cantone.

«Niente animali ammaestrati!» gridò Clopath a quei due, e indicò con il braccio teso un grande cartello vicino alla garitta, che recava diverse diposizioni scritte a mano riguardanti il passaggio del confine.

Pareva che l'uomo magro non lo capisse. O forse non voleva capire. Tirò fuori dalla camicia un foglio, cominciò ad aprirlo e infine mostrò ai gendarmi una locandina che raffigurava la lotta tra un uomo e un orso. Inoltre l'uomo spiegò con grande pathos che lui e l'orso avrebbero presentato un duello all'ultimo sangue. Il suo tedesco era pressoché incomprensibile.

«Niente animali ammaestrati!» gridò di nuovo Clopath, scosse la testa in modo eloquente e tornò a indicare il cartello.

10

«Ve lo dico io come facciamo».

Sulla soglia della stalla Rimmel e i fratelli Bonadurer guardavano il sole che stava calando dietro la montagna.

«Ci mettiamo in cammino appena fa buio» disse Rimmel con gli occhi stravolti e le palpebre tremolanti. «Nessuno al villaggio deve vederci quando partiamo. Tanto non abbiamo fretta».

«Ci vuole un'ora» disse Hans, il fratello minore.

«Non importa,» disse Rimmel «abbiamo tutta la notte. Voi due aspettate a una certa distanza dal mulino. Prima entro io da solo e guardo chi c'è. Il garzone dorme nella stalla. Ma la serva» aggiunse Rimmel con una risata stridula «dorme nel letto del mugnaio. Quando tutti sono addormentati, verrò davanti alla porta e farò dondolare la lanterna in qua e in là, a quel punto mi raggiungete».

«Potrebbe volerci un bel po'» disse Hans.

«E se si svegliano?» disse suo fratello dubbioso.

«Non si sveglieranno» disse Rimmel.

«Basta il cigolio di una porta» disse Hansmartin.

«Non si sveglieranno» ripeté Rimmel.

«Cos'hai intenzione di fargli?».

Rimmel tirò fuori la mano di tasca e tenne in alto una bottiglietta marrone. «È così forte che puoi portare uno fuori di casa senza svegliarlo».

«Dove l'hai preso?» domandò Hansmartin.

«L'ho distillato io. La ricetta è di un francese di Strasburgo».

«E come fai a sapere se avrà effetto?».

«L'ho provato, il vostro gatto ha dormito due giorni» disse Rimmel. «Offro un cicchetto al mugnaio e alla serva. Al momento opportuno ci verso l'intruglio. Non preoccupatevi, agirà in fretta».

Mentre ciascuno rifletteva per conto proprio, fuori il buio si infittiva.

«Poi entriamo,» disse Hans rompendo il silenzio «prendiamo un sacco di riso a testa e torniamo indietro».

«Il mugnaio ha soldi,» disse Rimmel «non vorremo mica lasciarli lì».

11

Mercoledì sera, 11 luglio 1821, giorno dedicato a Rachele, luna crescente, quattro notti prima del plenilunio.

Sulle cime dei monti un ultimo chiarore dorato riluceva nel rosazzurro del cielo, mentre giù nella valle il buio freddo saliva dal profondo. L'oscurità si diffondeva come una nebbia nera e spegneva i colori, finché si videro solo contorni indistinti di abeti neri e stalle. Un nero che continuava a salire, strisciava su per i versanti delle montagne e scacciò l'ultimo debole lucore lassù in alto, lo sospinse oltre il crinale, nel cielo, dove si disperse. Rimasero le schegge di luce delle stelle, distribuite secondo un disegno ben noto, la Stella polare, Venere, l'Orsa maggiore, costellazioni che guidavano i marinai per mare, ma che tra le montagne non avevano significato, perché qui c'erano solo un alto e un basso, monte e valle e il corso dell'acqua a cui fare riferimento, importante era solo la luna, che poteva comunque fare una bella luce non appena sorgeva.

Quando fece buio i tre si misero in cammino. Hansmartin Bonadurer, il fratello minore Hans e Franz Rimmel. La moglie di Hansmartin, alla quale non avevano potuto nasconderlo, avrebbe voluto sapere dove avevano intenzione di andare al calar della notte. Attraverso la porta aperta li aveva sentiti parlare del mugnaio. Bonadurer borbottò con sgarbo e in modo quasi incomprensibile che non doveva immischiarsi in faccende da uomini.

Dalla casa di Versam presero il sentiero verso valle. Rimmel in testa, uno zaino vuoto sulle spalle, il bastone in mano. I fratelli Bonadurer con robusti bastoni di nocciolo, che di solito usavano per condurre le bestie. Scesero alcuni tornanti verso la Rabiusa, che nel fondovalle era attraversata da un ponte di legno. Più procedevano verso il basso, più l'oscurità si infittiva. Sentivano l'odore umido e fresco del torrente e il mugghiare dell'acqua. I tre conoscevano la strada, ma procedevano con attenzione e cautela in fila indiana e tastavano il terreno con i bastoni. La luce pallida della luna tra gli abeti indicava vagamente la direzione.

12

Quasi nello stesso momento Hostetter e Rauch si trovavano davanti alla Porta inferiore della città di Coira. Era chiusa. Avevano già bussato ad altre due porte, ma anche là sarebbero potuti entrare solo dietro compenso. Parlavano con il guardiano notturno attraverso lo spioncino aperto.

«Che modi,» disse Hostetter indignato «siamo di Coira, noi».

«Le porte grandi chiudono alle nove,» lo informò il guardiano attraverso la finestrella «le piccole alle dieci, e ormai sono le undici».

«E adesso cosa dobbiamo fare?» chiese Hostetter.

«Con tre Bluzger a testa potete entrare».

«Che accoglienza è mai questa?».

«Sono le regole, non le ho inventate io».

«Quali regole?».

«Del Consiglio cittadino».

«Non paghiamo nessun ingresso. Vogliamo andare a casa. I miei abitano qui! Commercio di bestiame Hostetter. E questo stangone è il nipote del maniscalco Mohn».

«Dopo le dieci costa tre Bluzger».

«Abbiamo prestato servizio quattro anni nell'esercito reale olandese. E adesso ci trattate così. Ecco il salvacondotto del nostro maggiore generale Jakob von Sprecher…».

«Tre Bluzger a testa e apro la porta».

«Voi di dove siete, signor guardiano? A Coira non vi ho mai visto».

«Di dove sono non ha importanza. Comunque ve lo posso dire, se vi interessa: sono di Untervaz».

«Non potete fare una piccola eccezione per una volta?».

«Se non avete denaro, dovete aspettare fino a domattina».

«Non siamo dei poveracci, non è questo il problema».

«E allora qual è?».

«Andiamo» disse Hostetter a Rauch e voltò le spalle al guardiano.

13

Il barone era a letto e fissava il soffitto di legno. Il lume sul canterano tremolava e faceva fumo. Mise giù le gambe, prese lo smoccolatoio e accorciò lo stoppino perché la candela di sego bruciasse più ferma. La sua degna sposa, baronessa Josepha, era immersa in un sonno calmo e profondo. Lei sì che era fortunata. E non se ne rendeva nemmeno conto. Una delle due donne in carcere aveva urlato per notti intere tenendo svegli tutti, per poi addormentarsi alle prime luci. Frustate e bagni di acqua fredda non erano serviti a niente. Il consigliere sanitario dottor Gubler gli aveva spiegato trattarsi di nictofobia, una paura patologica della notte che probabilmente era da ricondurre a una rottura dell'equilibrio umorale. Ora la donna era evasa, e nel penitenziario era tornata la calma.

Il barone non si riteneva afflitto da paura patologica. Era un soldato. Ciò che gli impediva di dormire era quel lume inaffidabile. Inoltre detestava l'oscurità. Ma la notte era ancora troppo giovane per alzarsi. Si coricò di nuovo e chiuse gli occhi. Avvertì che ruotavano a destra e a sinistra sotto le palpebre, in alto e in basso, quasi inseguissero qualcosa.

Come non capirlo. Erano tempi frenetici. Ogni giorno il mondo girava un po' più in fretta. Giorno dopo giorno c'era un cambiamento. Da un anno Coira era capoluogo del cantone. Ora le carrozze potevano transitare sulla strada del San Bernardino, larga sei metri. Di lì a poco sarebbe stata aperta a tutti. L'anno prima si era cominciato ad ampliare la strada dello Julier. La velocità dei collegamenti tra Coira e il resto del mondo faceva venire le vertigini. In ventiquattr'ore a Zurigo! In trentadue ore a Bellinzona! Tempi frenetici. I nubifragi avevano provocato gravi esondazioni nel Domschleg. A Sils case e stalle erano state spazzate via. Il Reno selvaggio doveva essere regolato. C'era tanto da fare. Il generale Napoleone Bonaparte era morto. In Austria il principe di Metternich era diventato cancelliere di stato. I Deliberati di Karlsbad contro i liberali tedeschi erano in vigore da due anni. L'afflusso sempre crescente di giovani insegnanti tedeschi alla scuola cantonale di Coira stava diventando un problema per il governo. Gli ambasciatori tedeschi si lamentavano. L'anno precedente era stato giustiziato Carl August Sand, l'assassino del conte Kotzebue. Adesso Karl Völker, un amico di Sand, dava lezioni di ginnastica ed esercitazioni alla scuola cantonale. Nulla da obiettare. Attività fisica, addestramento alla disciplina. Nulla da obiettare neppure contro il sentimento nazionale. La nazione è la spina dorsale del popolo. Ma questa ventata eversiva, rivoluzionaria? Come se il cambiamento generale non fosse fin troppo veloce. Be', certo, alcune cose evolvevano troppo lentamente. Che nel Grigioni si potesse ancora pagare con trecento monete diverse e ci fossero altrettante unità di misura di peso e lunghezza, offriva l'occasione per truffe di ogni genere. Nelle strade di Londra c'erano già i lampioni a gas, di notte l'intera città era illuminata! Gli inglesi erano avanti in ogni campo rispetto al continente. Non dovevano subire guerre sul proprio suolo. Quello era il loro grande vantaggio. Nell'industria mineraria utilizzavano ferrovie con trazione a vapore, si diceva che a breve nell'isola britannica perfino il trasporto di merci e persone avrebbe funzionato nello stesso modo. Il barone aveva investito parte del suo patrimonio in titoli inglesi. Una faccenda che lo metteva in agitazione. Quanto ci sarebbe voluto perché aumentassero di valore? In realtà non aveva di che preoccuparsi. Di recente era stato riconfermato nell'incarico di giudice istruttore per altri tre anni.

Il suo respiro si era appena calmato, quando il barone colse un mormorio. Una piccola finestra era aperta, la notte era tiepida. Da fuori gli giunsero voci maschili, soffocate. Cosa stava succedendo? Il barone fissò le travi intagliate del soffitto, tese l'orecchio con attenzione e sperò che la porta di casa fosse sprangata a dovere.

14

Ai piedi del vigneto vescovile Karl Rauch aiutò il compagno di viaggio Hostetter ad arrampicarsi su un noce. L'albero sorgeva accanto alle mura della città. Là dietro si nascondeva il cortile del saponificio. Quando Hostetter fu in alto, allungò la mano a Rauch e lo aiutò a salire sull'albero. Appesi a un grosso ramo avanzarono a forza di braccia oltre il muro, poi si lasciarono cadere. Atterrarono nel cortile secondo il piano, si alzarono e bevvero una lunga sorsata di acqua fresca alla fontana.

«Finalmente a casa» disse Hostetter e si asciugò la bocca con il dorso della mano. Ora avrebbe raggiunto all'azienda dei genitori per la via più breve. Si guardarono intorno stupiti. Dov'erano finiti i carri, le botti, le tinozze, le casse che c'erano prima? Era cambiato tutto. Durante la loro lunga assenza il passaggio nella Süßwinkelgasse era stato chiuso con un muro insuperabile e un pesante portone. Il portone era sprangato, e per di più munito di un lucchetto di ferro. Perlustrarono il cortile stupefatti, senza trovare alcuna uscita. Le porte dell'edificio erano tutte chiuse. Per giunta era strano che il cortile fosse sgombro e ripulito. Tornarono a fare un giro, avanzando tentoni lungo i muri. Non capivano, non c'era altro che il selciato lustro. Sarebbe stato un duro giaciglio per la notte. Qui non volevano restare. Alzarono lo sguardo al ramo del noce e tentarono di arrampicarsi in cima al muro. Hostetter salì sulle spalle di Rauch e cercò un appiglio con le mani. Invano.

Erano nel cortile buio e non sapevano che fare.

«Dove siamo?» chiese Rauch.

Hostetter si girò e disse: «Non ne ho idea».

Non era così che avevano immaginato il loro ritorno a casa. Erano in trappola.

15

Quella stessa notte, a tre ore di cammino, tre uomini procedevano in silenzio nel bosco in fila indiana. Rimmel in testa, poi Hans, infine il fratello maggiore. Attraversarono un ponte di legno, sentirono il mugghio dell'acqua sotto di sé e il pulviscolo fresco sul volto. Non si vedeva niente.

Dopo il ponte il sentiero continuava in salita, e Rimmel cominciò a riflettere ad alta voce sul diritto naturale dei più forti e più scaltri. L'uomo con le sue leggi, blaterava, si intromette nella natura. E questo non gli piaceva. Preferiva fare affidamento sulla natura. Quella primavera, ad esempio, era stato sorpreso da un orso nel Safiental. Si era fermato e gli aveva parlato, sorpreso quanto lui, con voce calma. «Nello zaino ho una scure,» gli aveva detto «talmente affilata che potrei spellarti. Ti piacerebbe se lo facessi?». Perché era proprio quello che aveva intenzione di fare, dopo avergli squarciato il petto e tirato fuori il cuore. Glielo aveva detto con molta calma. Gli avrebbe tolto la sua bella pelliccia e lo avrebbe lasciato lì nel bosco, nudo come un verme. «Ti piacerebbe? Nudo nato, senza il cuore». Aveva detto proprio così, con voce ferma, tanto per esser chiari. Piena di paura, la bestia si era infrattata tra i cespugli di ontano. All'orso la faccenda non andava a genio, ma era scomparso rugliando, e lui si era allontanato nella direzione opposta, indisturbato.

Così raccontava l'uomo mingherlino mentre procedeva in testa e i fratelli Bonadurer, entrambi un po' più alti e pesanti di lui, lo seguivano in silenzio.

La storia non pareva molto credibile. Di orsi dalle loro parti ce n'erano eccome. Hansmartin ne aveva visto uno anche lui sull'alpe di Brünn, ma solo da lontano. Rimmel era un chiacchierone e le sparava grosse. Delle sue storie non c'era da fidarsi, ma proprio per questo non era un tipo innocuo.

Il maggiore dei Bonadurer pensò alla vipera che aveva visto il giorno prima sul fieno, al sole. Un animale piccolo, ma pericoloso. Bonadurer l'aveva sollevata con il manico del rastrello e l'aveva scaraventata contro il muro della stalla. Poi aveva preso la scure e le aveva mozzato la testa. Non sapeva come mai se ne fosse ricordato in quel momento. Se Rimmel fosse un animale, pensò Bonadurer, sarebbe una vipera. Piccola e velenosa.

Dopo mezz'ora giunsero a una grande radura illuminata dalla luna. A monte del sentiero si distinguevano due edifici. Il mulino e, a un tiro di sasso, una stalla. La stalla era buia, nel mulino si stagliava il debole chiarore di una finestra.

Si fermarono e rimasero a guardare in silenzio per un po'.

Poi Rimmel si volse ai compagni. «Come abbiamo deciso» disse. «Io vado avanti e voi aspettate di vedere la mia lanterna».

I due fratelli mugugnarono qualche parola confusa di assenso.

«Ma c'è ancora un ultimo problema» disse Rimmel.

I due aspettarono.

«Soldi» disse Rimmel. «Io non ho più niente, e non posso nemmeno chiedere al mugnaio di farmi credito».

«Anch'io sono al verde» disse subito Hans.

«Il denaro lo troviamo nel mulino,» disse Rimmel «ma prima dobbiamo tirare fuori qualcosa, altrimenti ho le mani legate. Hansmartin, tu come sei messo?».

L'uomo tastò l'unica moneta che aveva in tasca. La sua esitazione lo aveva già tradito.

«Senza soldi niente sonnifero,» disse Rimmel «niente mugnaio addormentato, niente sacchi di riso».

«Un Batzen ce l'ho, ma mi serve...».

«Lo riavrai. E non è tutto» disse Rimmel. «Ne avrai cento in cambio, stanotte ci saranno ben altro che Batzen».

1 Batzen valeva 4 Kreuzer. 60 Kreuzer erano 15 Batzen, o anche 1 Gulden. 8 Gulden e 30 Kreuzer erano 10 franchi svizzeri. 20 Pfennige erano 4 Kreuzer, o 40 Heller o 1 Batzen. Quella moneta da un Batzen era tutto ciò che aveva, e Hansmartin la tese nel buio. Sentì che Rimmel gliela strappava di mano dicendo: «Allora faremo così».

Poi seguirono Rimmel con lo sguardo mentre si dirigeva verso il mulino attraverso il prato.

16

Hostetter e Rauch sedevano vicini sull'acciottolato duro, la schiena contro il muro del Sennhof. Non potevano sapere che nel frattempo il saponificio era diventato il primo penitenziario cantonale. Si meravigliarono di essere chiusi dentro, ma non volevano far rumore né tirare giù dal letto qualcuno. Era estate, la notte calda. Anche se avevano immaginato un ritorno diverso, non era poi un dramma dover aspettare un po'. Il giorno dopo la felicità sarebbe stata ancora maggiore.

I due si abbandonarono alle proprie riflessioni con gli occhi chiusi. Hostetter pensava con gioia al commercio di bestiame del padre, e sperava che l'indomani avrebbe trovato un bel cavallo da attaccare a un cabriolet per guidarlo in città, un focoso cavallo da carrozza, alto, forte e veloce, con la testa ritta, il collo ben arcuato, le orecchie puntate in avanti, quasi indomabile. Forse avrebbe incontrato una conoscente che avrebbe accettato l'invito a un giro in campagna…

Rauch masticava un pezzo di pane trovato nello zaino, e si chiedeva se a zio Mohn avrebbe fatto piacere rivedere il suo apprendista di un tempo. Avrebbe lavorato volentieri con lui, naturalmente. Rauch ricordava quante volte gli aveva chiesto quando sarebbe venuto il suo turno di ferrare un cavallo. E come si era stupito quella volta che lo zio gli aveva detto: «Domani, Karli, puoi cominciare domattina».

Il giorno dopo il fabbro mandò uno dei garzoni a prendere qualcosa. Quando fu di ritorno, gettò a Karli una zampa di cavallo. Era mozzata sotto il ginocchio e sanguinava ancora. Una zampa anteriore marrone con pastoie bianche, lo zoccolo chiaro ancora ferrato.

«Ora fammi vedere cosa sei capace di fare» disse lo zio.

Karli aveva fissato la zampa e si era chiesto da dove venisse. In un primo momento aveva immaginato che il garzone si fosse messo davanti alla bottega con la scure in mano e avesse semplicemente mozzato una zampa a uno dei tanti cavalli che passavano per i vicoli. Poi scrollò la testa per la propria stupidità. La macelleria equina era solo a pochi passi.

Poiché esitava con la zampa tra le mani, il garzone la riprese, la fissò nella morsa e gli diede un martello.

«Metti il nuovo ferro,» sogghignò «poi riattacca la zampa, il ronzino è fuori che aspetta».

Rauch sedeva sull'acciottolato del Sennhof e ripensava alle varie fasi del lavoro. Prima bisognava sollevare le punte piegate dei chiodi dalla parete dello zoccolo, raddrizzarli, sfilarli con le tenaglie e rimuovere il ferro vecchio.

Si tagliava la ricrescita dell'unghia con martello e coltello e si puliva il fettone – non troppo, perché era la parte più sensibile! Era importante ottenere un assetto sano, non troppo inclinato, non troppo piatto, un bravo maniscalco aveva buon occhio. Per livellare la suola ci voleva la raspa. Poi bisognava cercare un nuovo ferro adatto. Si teneva a mente dove il ferro non corrispondeva al profilo dello zoccolo, lo si metteva nelle braci e si azionava il mantice della fucina. Quando il ferro era rosso fuoco, lo si batteva sull'incudine per conferirgli la forma voluta. Quindi lo si applicava incandescente sullo zoccolo – trattenere il respiro, mentre il fumo denso del corno bruciato ti avvolgeva come una nebbia. Infine si immergeva il ferro nel secchio d'acqua e lo si raffreddava, finché smetteva di sfrigolare e fumare. Infine si poteva cominciare a fissarlo. Un fabbro che conosceva il suo mestiere lasciava sporgere i chiodi dallo zoccolo alla stessa altezza. Se sporgevano troppo dalla parete, il ferro non avrebbe tenuto a lungo. Se penetravano troppo in profondità, avrebbero toccato la parte sensibile, e prima o poi avrebbero azzoppato il cavallo. Se un chiodo entrava male non era più così facile correggerne l'inclinazione, seguiva il buco che c'era già. Allora bisognava piegarne leggermente la punta perché potesse prendere una nuova direzione.

Quella volta Karli aveva fatto un buon lavoro. Lo zio aveva esaminato lo zoccolo con la nuova ferratura ed era stato soddisfatto.

«E adesso recupera il ferro,» aveva detto «non ne abbiamo da buttar via».

Sì, Rauch avrebbe voluto lavorare ancora come maniscalco.

17

Ai margini della radura i fratelli Bonadurer fissavano con la massima concentrazione la finestra illuminata del mulino. La scuderia era buia e tranquilla, un po' discosta. Aspettavano ansiosi sotto gli alberi e ripassavano mentalmente il piano.

I sacchi di riso erano nell'ingresso del mulino, subito a destra della porta. Così aveva detto Rimmel. Il mugnaio vendeva il riso a libbre. Un sacco pieno valeva un patrimonio. C'era di che saziare bocche affamate per un bel po'. Ciascuno di loro si sarebbe caricato un sacco in spalla. E inoltre potevano spartirsi i soldi. Appena il mugnaio e la serva si fossero addormentati. Rimmel avrebbe controllato che fossero davvero storditi, poi sarebbe uscito sulla porta e avrebbe dondolato la lanterna. Quello sarebbe stato il segnale di raggiungerlo al mulino.

«Da quanto tempo è dentro?» sussurrò il più giovane.

«Non so» disse il fratello maggiore. Non si fidava molto di Rimmel. Raccontava cose difficili da credere. Ma nella peggiore delle ipotesi, pensò Hansmartin, sarebbero tornati indietro con le pive nel sacco. Senza riso e senza soldi.

«Hai visto qualcosa?» fece Hans.

«No».

«Forse non ce ne siamo accorti, forse ci ha dato il segnale da un pezzo».

«Non credo» disse il maggiore.

«Come può sapere se lo vediamo oppure no?» chiese Hans inquieto.

«Se non arriviamo, se ne accorgerà e ripeterà il segnale. Comunque è impossibile non vederlo. Una luce di notte non può sfuggire».

D'un tratto si udirono delle risate, poi voci sonore di donne.

«Cosa succede?» bisbigliò Hans. «Credevo che al mulino ci fossero solo il mugnaio e la serva. Chi c'è sulla soglia?».

«Non lo so neanch'io».

«Era il garzone?».

«Il garzone dorme nella scuderia».

«Sei sicuro?».

«Non sono un veggente».

«Andiamo!» disse Hans. «Voglio capire cosa succede».

«Così ci vedranno in mezzo al prato alla luce della luna! Un po' di pazienza!» disse il fratello maggiore, tenendo d'occhio il mulino.

18

«Il bicchiere è vuoto» disse Rimmel con tono di rimprovero. Gli occhi erano stralunati, le palpebre tremolavano. Quando aveva bevuto, gli occhi guardavano in direzioni diverse. Era seduto al tavolo nella Stube del mulino e cercava di tenere lo sguardo fisso sulla luce vacillante.

Era ora di dormire, rispose il mugnaio, a poco a poco Rimmel doveva mettersi in cammino.

Michel Blum, così veniva chiamato il mugnaio, era un giovane ben pasciuto di Lindau. Il suo vero nome era Franz Heini e faceva un'impressione gradevole.

«Voglio comprare una libbra di riso» disse Rimmel.

«Di riso non ce n'è» rispose il mugnaio con uno sbadiglio.

«Ne avrai pure nel mulino?» chiese Rimmel incredulo.

«È finito» disse il mugnaio ridendo, come se avesse fatto una battuta divertente. E, senza saperlo, era proprio così. Anche se il tirolese la trovava pessima.

«Come finito?».

«La cuoca degli Albertini di Paspels mi ha offerto un buon prezzo e ha comprato tutto il sacco».

«Ma» disse Rimmel, gli occhi strabuzzati e le palpebre tremolanti «ne avrai sicuramente più d'uno».

«No, era rimasto solo quello. Ma fra due o tre settimane arriva una nuova fornitura dall'Italia».

«Niente riso?».

«Purtroppo no, tutto venduto».

Niente riso, pensò Rimmel. In compenso più quattrini, tanto meglio.

Allora un'altra grappa per tutti, anche per le due donne, offriva lui, disse Rimmel.

Il mugnaio era seduto sulla panca della stufa accanto alla serva. Annemarie Gartmann di Valens, una giovane graziosa di ventidue anni. L'altra donna, Franziska Giesser di Dornbirn, era stata la serva del mugnaio fino a primavera. Sedeva a una certa distanza da Rimmel, all'altro capo del tavolo. Che fosse venuta in visita proprio quella sera, non gli andava affatto a genio.

Se Rimmel voleva altra grappa, avrebbe dovuto mettere sul tavolo altri soldi, disse il mugnaio.

Rimmel voleva rispondere qualcosa, strabuzzò gli occhi in alto a sinistra, le palpebre tremolarono, la bocca si aprì e si chiuse alcune volte senza che ne uscisse una sola parola. Non aveva più un centesimo. Il Batzen che aveva portato con sé l'aveva speso per il grappino di prugne che ora gli scaldava lo stomaco. Stringeva nel pugno la bottiglietta della pozione. Come somministrarla agli altri, se non volevano bere niente? Vide il rettangolo scuro della finestra nella parete. Fuori dai vetri la notte nera. Se il piano non avesse funzionato, forse non sarebbe mai più riuscito a convincere i fratelli e intraprendere qualcosa. Doveva fare presto.

Il mugnaio si alzò, si avvicinò al tavolo, spinse più giù il tappo nel collo della bottiglia quasi vuota e la ripose nello stipo a muro. Girò la chiave e la fece scomparire nella tasca dei pantaloni.

«E allora un bicchier d'acqua» balbettò Rimmel e batté il bicchiere vuoto sul tavolo.

«La fontana è fuori» rispose il mugnaio con uno sbadiglio.

«Una delle donne andrà pure a prendermi un po' d'acqua» farfugliò Rimmel.

Franziska gli lanciò uno sguardo di disapprovazione.

«Sua Signoria desidera?» disse la serva più giovane con tono beffardo e fece una risata stridula, il mugnaio rise anche lui.

«Se non è interessato all'affare,» disse Franziska seduta al tavolo «sembra che le cose gli vadano bene».

«Tu cosa c'entri?» disse la serva più giovane che si stringeva al mugnaio sulla panca della stufa.

«C'entro eccome» disse Franziska con tono brusco «se mi deve dei soldi».

«Forse non ti ho dato la paga?» chiese il mugnaio.

«Non parlo della paga» disse Franziska.

«Allora di che parli?» disse la serva più giovane.

«Michel e io sappiamo bene di cosa parlo» rispose Franziska.

Annemarie aggrottò le sopracciglia con rabbia, si piegò in avanti e disse con asprezza: «Tu non sai un bel niente».

Carina la piccola, pensò Rimmel, due poppe così te lo fanno venir duro.

«Adesso sono *io* a lavorare per Michel, e non è tutto!» disse Annemarie a voce alta. «Michel e *io* sappiamo di che parlo. E tu, Franziska, ora dovresti andare!».

«Su su» disse il mugnaio cercando di calmare le donne. «Non c'è motivo di litigare. Adesso andiamo a letto, e domani sarà tutto diverso».

«Domani,» ripeté Rimmel con la lingua legata «domani sarà tutto diverso».

«Questo significa che non vuoi riconoscere i miei diritti?» chiese Franziska al mugnaio.

A quel punto Annemarie si arrabbiò sul serio: «Quali diritti? Che sciocchezze dice?».

«Grappa!» gridò Rimmel, che non intendeva rinunciare al suo piano.

19

Rimmel odiava la scarpa destra che era consumata sul tallone e sfregava la pelle. Odiava i dolori mentre camminava. Odiava la pancia che brontolava quando non mangiava da tre giorni. Odiava dover chiedere lavoro quando la gente non aveva niente da dare. Odiava mendicare. Odiava che nessuno volesse fargli riparare un orologio rotto – perché nessuno possedeva un orologio. Odiava che fossero già passati quattro anni dall'ultima volta che aveva tentato di ripararne uno: l'orologio gli si era disfatto tra le mani e molle e ruote dentate gli erano saltate in faccia. Odiava l'inverno, troppo freddo per un girovago come lui. Odiava l'estate, troppo breve per un girovago come lui. Odiava sua moglie, che non voleva più vederlo da quando lui l'aveva lasciata. Odiava avere un bicchiere vuoto davanti. Odiava i contadini ricchi che non avevano lavoro per lui. Odiava i contadini poveri che non avevano di che pagarlo. Odiava essere così piccolo. Odiava essere così magro. Odiava il mugnaio che stava bene, metteva su pancia e aveva due donne in casa, anche se una era solo venuta a trovarlo. Odiava quell'uomo spensierato e compiaciuto di sé. Ne odiava la millanteria quando abbracciava la ragazza più giovane, che era la sua serva ma anche molto di più, lo poteva vedere chiunque quando la stringeva a sé abbrancandole il sedere. Odiava Franziska, la serva di prima, che mandava a monte il suo piano. La odiava perché si era subito allontanata da lui quando aveva fatto per cingerla con il braccio, e la odiava perché, anche seduta, era molto più alta di lui. Odiava il bicchiere vuoto che aveva davanti. Odiava la giovane serva che gli rinfacciava di avere già bevuto troppo. E in particolare odiava il fatto di non avere avuto un solo, breve istante per versare nei bicchieri qualche goccia della pozione in tutta la sera. Odiava quel piano irrealizzabile. Odiava i due idioti che aspettavano fuori tra gli alberi come muli.

A Rimmel parve di sentire dei passi sulla scala esterna. Che stessero entrando senza aspettare il suo segnale?

20

Johann Heinrich von Mont era ancora sdraiato al buio. Il barone non sapeva che ora fosse, e non si decideva ad alzarsi per accendere il lume. Avrebbe fatto valere tutta la propria influenza sul Consiglio cittadino perché anche a Coira fosse introdotta l'illuminazione a gas. Fissava preoccupato le travi del soffitto e si sentiva come in una cripta. Sepolto vivo.

Quanti morti apparenti si erano già trovati a sei piedi sottoterra nel buio della bara e avevano urlato per la disperazione?

Solo poco prima il barone aveva sottoposto la questione al Gran Consiglio. Nel frattempo era stata pubblicata l'ordinanza che disponeva la nomina di un necroscopo e il trattamento dei cadaveri. Con il decreto si sarebbero evitati incidenti e altre conseguenze nefaste, che si verificavano a causa di sepolture effettuate anzitempo. Ora il primo necroscopo aveva prestato giuramento. Il chirurgo Johann Jakob Wild aveva l'obbligo di effettuare una visita immediata di ogni cadavere per il quale fosse richiesta la sua presenza, e comunque di tentare la rianimazione nei casi di annegamento, soffocamento, congelamento, colpo apoplettico et. al., e anche di bambini nati morti.

Il necroscopo non poteva esigere compenso alcuno per tali servizi, ma doveva accontentarsi della propria remunerazione. Nessun cadavere poteva essere sepolto senza il certificato del necroscopo. In prossimità del defunto erano da evitare rumori inutili, perché si potessero cogliere anche i più flebili segni vitali di morti apparenti. Finché il chirurgo non aveva esaminato il cadavere, non era opportuno togliere il cuscino. La scossa provocata dalla sua improvvisa rimozione e la postura conseguente, in cui i fluidi sarebbero affluiti alla testa, avrebbero potuto spegnere per sempre l'eventuale, ultima scintilla di vita. Al contrario il tepore del letto era benefico, poiché ogni morto apparente era tanto più difficile da rianimare, quanto più diventava freddo. La bocca di un cadavere non si doveva chiudere con violenza né tenere chiusa mettendovi sotto libri o altre cose, perché questo avrebbe impedito del tutto il respiro impercettibile in caso di morti apparenti, favorendone la morte effettiva. La bara doveva essere inchiodata non prima di un'ora avanti la sepoltura.

21

Anime serene nel sonno profondo.

Il ruscello scorreva dal margine superiore del bosco attraverso la radura, passava accanto al mulino e finiva in uno stagno circondato da canne palustri. Mulino dello stagno, per questo si chiamava così. La ruota era ferma, ma si udiva il mormorio del ruscello.

Fluttuanti nei sogni tra le braccia di Morfeo. Il dolce dondolio fu squarciato all'improvviso da un dolore lancinante. Demoni irruppero nel silenzio della notte, si scagliarono sui corpi inerti, tiepidi di sonno, li sollevarono di colpo, li aggredirono e li trapassarono con lame affilate.

Nella Stube, nella camera, nell'ingresso, sulla scala di casa i corpi si contorcevano per difendersi o fuggire. Appena desti, furono risospinti nell'abisso.

Dal sonno nel sonno.

Non capì cosa stava succedendo, non vedeva quasi nulla, un movimento indistinto nel buio che si abbatté su di lei con un rumore orribile, come di uno straccio bagnato battuto sul pavimento, ma non era quello, perché il materasso tremò sotto la violenza del colpo, qualcosa di caldo le sprizzò in faccia, si tirò su, le sfuggì un urlo, cercò di capire cosa stava succedendo, ma nel debole chiarore che entrava dalla minuscola finestra poté cogliere solo un'ombra che ora si levò fino al soffitto per abbattersi di nuovo su di lei.

Sentì che non tutte le membra le appartenevano più, eppure strisciò fuori dal letto, avanzò tentoni lungo la parete verso la porta quando l'ombra calò su di lei, le trafisse con furia la clavicola sinistra e vi rimase conficcata. Poi la lasciò andare e la scaraventò a terra, la testa sbatté contro una gamba che la imprigionò. Nella camera infuriava un demone che l'aveva presa di mira. Per un istante perse l'equilibrio e cadde contro la parete. Lei fuggì nella Stube, scivolò, crollò, sentì un colpo laterale alla schiena. L'ombra la inseguì, non desisteva. «Cosa ti ho fatto?» urlò lei. Riuscì ad alzarsi, quando un colpo alla testa la schiantò. Si trascinò nell'ingresso, venne afferrata, strappata indietro, si difese e spalancò la porta di casa. Fuori la notte buia, precipitò nel baratro che l'avvinghiò, la prese tra le braccia e la portò con sé.

22

La stessa notte, un altro sogno: si trovava in un giardino inaridito. Foglie secche sui cespugli, coperte di polvere e ragnatele. Estate spenta senza verde. Nel giardino c'era un albero, un albero imponente, con rami grossi come corpi umani. La corteccia era grigia e dura come roccia, le foglie rosso cupo. Soffiava un vento forte che muoveva i rami. Perfino quelli grandi erano flessibili e mobili. Con suo stupore il legno non si rompeva né si scheggiava, ma oscillava avanti e indietro con il vento come una danza di corpi. Avrebbe voluto arrampicarsi sull'albero, ma vedeva che i rami possenti si avvicinavano a tal punto da toccarsi, e avrebbero stritolato tutto quanto vi fosse finito in mezzo. Dopo avere osservato quegli ampi movimenti per un po', il desiderio si era fatto così intenso che vinse la paura, si issò sul ramo più basso e si arrampicò sull'albero. Non era così difficile come aveva temuto. Riusciva a seguire i movimenti dei rami oscillanti senza esserne schiacciata. Si teneva avvinghiata con le braccia e le gambe a uno dei rami che la faceva dondolare avanti e indietro. Le girava la testa, ma era una sensazione piacevole, un'ebbrezza leggera, e quando infine scivolò fuori dal sogno nella realtà e vide che giaceva sul marito e lo abbracciava, il piacere giunse al culmine, e in quel momento non le interessò dov'era, sogno o veglia, bene o male, giusto o sbagliato, che importanza poteva mai avere.

Anna Bonadurer dormiva quando il marito era tornato a casa a notte fonda. Non si era accorta che l'uomo aveva lasciato le scarpe e i vestiti in cucina e si era infilato sotto le coperte con cautela per non svegliarla.

II

Cos'è ciò che in noi mente, uccide, ruba?

Georg Büchner, lettera del 10 marzo 1834
alla fidanzata Wilhelmine Jaeglé

23

Credeva nell'ordine, nel principio ordinatore, nelle strutture e nelle gerarchie – gli uomini vogliono guidare o essere guidati –, credeva nella legislazione e nella esattezza della legislazione: una singola sillaba, un segno di interpunzione potevano cambiare il contenuto e il significato di una legge. Credeva nei rapporti trasparenti, senza equivoci né zone d'ombra, anche se sapeva che quello era un ideale, irraggiungibile ma da perseguire strenuamente, un nobile traguardo, un principio secondo il quale si poteva e si doveva vivere e lavorare.

Il barone era comandante della polizia, ma non portava l'uniforme. Forse era tempo di introdurne una? I gendarmi erano riconoscibili nei loro pantaloni e nella redingote grigia con i risvolti delle maniche verdi e le mostrine. Per quale motivo non doveva esserlo anche la massima autorità? Una uniforme di stoffa un po' più fine, dal taglio elegante, stretta in vita, secondo la moda inglese? Dopo la riconferma dell'incarico, forse poteva permettersi di conferire al proprio grado maggiore autorevolezza e dignità esteriore. Pensò al nuovo veicolo che quel giorno avrebbe dato in consegna ai suoi sottoposti. Due grandi morelli, una carrozza con scompartimento munito di sbarre per il trasporto dei prigionieri. Immaginò il frastuono impressionante al suo ingresso a Coira per la Porta inferiore, i cavalli al trotto su per la Reichsgasse fino al Süßen Winkel, poi verso il carcere. Il rombo della legge avrebbe fatto tremare i muri delle case, mettendo in fuga malfattori e perdigiorno.

Quale slancio lo animava la mattina presto quando nel cielo compariva la prima striscia di luce, dietro il palazzo episcopale e il Montalin, che svettava su Coira a oriente. Lo sconforto e l'oppressione della notte erano come spazzati via e lasciavano il posto a una chiarezza effervescente. Apparivano luci e ombre, colori, contorni netti non appena i raggi del sole toccavano la cresta dei monti, e dall'altra parte della città, oltre il Reno, il Calanda risplendeva nelle sue tonalità dorate, ocra i pascoli, ardesia le rocce, bianca un'ultima chiazza di neve.

Il barone si alzò, andò nello studio, riordinò le carte che aveva portato a casa il giorno prima, le infilò nella cartella di cuoio, si avvicinò alla finestra, guardò nella corte interna e oltre i tetti verso il Calanda, poi tornò in camera per svegliare la moglie – «Buongiorno, mia cara Josepha!» – e aprire le tende, nell'atrio incontrò quindi il servitore Vinzenz e in cucina salutò la vecchia Lena che accendeva il fuoco.

Era il signor barone a decidere come si sarebbe svolta la mattinata della famiglia von Mont. A colazione si discutevano le questioni famigliari più importanti, si scambiavano le novità del parentado, si trattavano i problemi della conduzione domestica (si criticava la pessima qualità delle candele di Moritzi), si facevano progetti per il fine settimana, si fissava una visita al conte Franz Simon von Salis-Zizers a Zizers.

Erano sposati da pochi mesi e sedevano soli al tavolo della colazione. Josepha desiderava dei figli (argomento di cui non si parlava in presenza della servitù). La mattina era il loro unico momento tranquillo. Gli incarichi del barone non gli consentivano mai di sapere quali problemi avrebbe dovuto affrontare nel corso della giornata, né se sarebbe rientrato per il pranzo o la cena.

Alle sei e mezza in punto i colpi del batacchio di ferro risuonavano per la casa, e Vinzenz si affrettava giù per le scale di pietra fino al pianterreno con la speditezza che gli consentivano le sue vecchie ossa (di velocità non si poteva certo parlare). Fuori aspettava il consigliere Andreas Otto, segretario del signor giudice istruttore e comandante della polizia, che ogni mattina passava a prendere il suo superiore e lo accompagnava in ufficio.

La baronessa Josepha salutò il marito al piano di sopra. «Aspetterò questa sera con gioia» gli sussurrò, ma con tono eloquente. Le vibrazioni della voce e l'insistenza dello sguardo non lasciavano dubbi su ciò che intendeva. Il barone le strinse la mano e ricambiò lo sguardo. «La tua gioia è la mia» disse, si volse e scese le scale. I doveri di una giornata di lavoro, pensò, avrebbero accresciuto quel sentimento.

Il consigliere Otto attendeva nell'atrio. Dopo alcuni anni al servizio del regio governo bavarese il barone von Mont era consapevole che l'autorità si esprimeva al meglio nel suo seguito. Era il servo a fare il re. Poiché sarebbe stato uno spreco di tempo percorrere i duecento metri tra la casa e l'ufficio in carrozza (di norma il mezzo di trasporto adatto a una messinscena che incuteva rispetto), il barone si limitava a farsi scortare dal segretario. Il consigliere Otto portava la cartella di cuoio del signor barone; quello era il motivo ufficiale per cui lo accompagnava: la mattina il consigliere Otto doveva ritirare alcuni documenti in casa del barone. Durante il percorso salutava a destra e a manca al posto del suo superiore, che era immerso in gravi pensieri e davanti agli occhi aveva una meta alla quale tendeva con fermezza. Il questo modo il consigliere Otto liberava il passaggio al barone e sottolineava l'importanza del signor giudice istruttore Johann Heinrich von Mont. Le strutture gerarchiche funzionavano solo con l'aiuto di segni inequivocabili, emblemi del potere. Il consigliere Otto era uno di quegli emblemi. Il signor barone non temeva di cadere vittima della vendetta di un condannato nel breve tragitto verso il carcere. Era un esperto spadaccino, tiratore, cavaliere e perfino pugile, e con i suoi trentatré anni si sentiva perfettamente in grado di difendersi in ogni frangente. A parte questo, a nessuno sarebbe venuta l'idea di aggredire colui che era al tempo stesso giudice istruttore cantonale, comandante della polizia e direttore del penitenziario. Un crimine di stato che avrebbe portato diritto al patibolo.

Il consigliere Otto precedeva il barone stringendo la cartella di cuoio sotto il braccio, von Mont lo seguiva a pochi passi. Tale distanza era importante per la riuscita della messinscena.

Alcuni servi stavano pulendo le scuderie vescovili. Con passo incerto spingevano carriole piene di sterco fuori dalle scuderie. Un odore pungente di ammoniaca si diffondeva all'intorno. Il consigliere Otto e il barone svoltarono a sinistra nella Süßwinkelgasse lastricata. Al primo cantone lanciarono una rapida occhiata nell'angusta Rabengasse, presero la direzione opposta, passarono davanti alla mescita Zum Meerhafen (a destra) e al retro della sede della corporazione dei calzolai (a sinistra), e giunsero davanti al massiccio portone del carcere.

Il consigliere Otto bussò con le nocche allo spioncino che si aprì all'istante, mostrò un paio d'occhi scrutatori e si richiuse. Si sentì tintinnare un mazzo di chiavi, stridere un catenaccio, scricchiolare una pesante trave finché il battente del portone si socchiuse per far entrare il barone e il segretario e si richiuse immediatamente alle loro spalle. Mentre il consigliere Otto saliva in ufficio, il barone andò nel posto di guardia per ascoltare il rapporto del sorvegliante di servizio.

Stockersepp della cella uno aveva gridato durante la notte, ma il custode lo aveva ignorato. Poi tutto silenzio. Stockersepp ovvero Joseph Brunett, come si chiamava in realtà, era il primo detenuto del Sennhof condannato a passare il resto della sua vita in catene. Brunett, che all'epoca aveva ventun anni, era stato riconosciuto colpevole di diciannove furti con scasso. Davanti alla corte criminale cantonale il pubblico ministero aveva chiesto la pena di morte per decapitazione. Un giovane difensore di nome Christ era dovuto intervenire con determinazione in favore del delinquente e far notare con tutta la sua eloquenza che Brunett non aveva mai arrecato danni fisici a nessuno. Così, invece della pena di morte, aveva ottenuto l'ergastolo, previa messa alla gogna e colpi di frusta dall'ingresso del municipio fino alla Porta superiore e ritorno. Ma nel caso di un tentativo di fuga, così diceva la sentenza, Brunett sarebbe stato giustiziato per decapitazione senza ulteriori trafile burocratiche. Nonostante questo un anno prima Stockersepp aveva tentato di evadere. Era riuscito a liberarsi dalle catene e a scivolare fuori dalla cella. Ma la fuga venne sventata. La corte fu clemente e gli inflisse ventinove colpi di frusta. Da allora Stockersepp era un detenuto obbediente.

Il barone aggrottò la fronte meravigliato quando il sergente Caviezel gli riferì anche di due ladri che durante la notte avevano scavalcato il muro, e alla fine non ce l'avevano fatta a uscire dal cortile del carcere.

«Due topi in trappola» disse Caviezel per abbellire il suo resoconto, e scoppiò a ridere.

«È una barzelletta o un rapporto?».

«No no, non è una barzelletta» si giustificò il sergente Caviezel. «Ma non è divertente, signor direttore, che qualcuno tenti di rubare in una prigione?».

Il barone non era ancora riuscito a decidersi per un unico appellativo valido in tutte le occasioni. Al Sennhof e per i gendarmi era il signor direttore o il signor comandante della polizia. La corrispondenza relativa alle questioni legali recava la firma giudice istruttore von Mont. Il personale di servizio e i privati dovevano rivolgersi a lui chiamandolo signor barone. In Austria e in Baviera *barone* suonava del tutto naturale, ovviamente, per diritto divino. Nel Grigioni aveva una connotazione strana, come se chiamare qualcuno con un titolo nobiliare fosse uno scherzo. I grigionesi non lo dicevano in malafede.

Era solo un'ombra, una lieve estraneità, come se in bocca avessero una parola che non conoscevano, una parola che non riuscivano a pronunciare bene. A volte capitava che per strada un provocatore lo salutasse chiamandolo signor von Mont, in tono cordiale ma senza titolo. Vonmont, o addirittura Vomont con l'accento sulla prima sillaba, suonava decisamente banale. Ma lui si guardava bene dal chiedere a un provocatore di giustificarsi. Gli restavano titoli a sufficienza che aveva acquisito con le sue prestazioni.

«Cosa cercavano qui?» chiese il barone. «E da dove vengono? Quanti anni hanno?».

«Neanche trenta,» disse il sergente Caviezel «due di queste parti, a quanto dicono. Parlano come la gente di Coira, ma sono individui sospetti».

«Sospetti?» chiese il barone.

«Già, avevano un mucchio di soldi nascosti sotto i vestiti, più di quanti un uomo onesto porti con sé». Il sergente Caviezel indicò due borse di cuoio appoggiate sul tavolo del posto di guardia con altri effetti personali. Coltellini, capi di biancheria, bottiglie, tascapane, documenti piegati.

Il barone prese una delle borse, ci guardò dentro e la soppesò. «Quant'è?».

«In questa duecentosessantacinque Gulden, nell'altra addirittura trecentoquaranta».

«Una somma considerevole» disse il barone.

«Refurtiva, presumo,» disse il sergente «ma loro negano».

«Dove sono adesso?».

«Nella cella due, signor direttore».

«Andiamo a vedere» disse il barone. Il fatto aveva destato la sua curiosità.

Il sergente Caviezel lo precedette velocemente lungo lo stretto corridoio, si fermò davanti alla porta di una cella e aprì lo spioncino. «In piedi! Il signor direttore vuole vedervi!» urlò, si fece da parte e il barone guardò dentro.

Due uomini sedevano sul nudo tavolaccio, la schiena appoggiata al muro, la testa rivolta verso la porta, lo sguardo corrucciato, quasi torvo. Obbedirono all'ordine, si alzarono, si misero sull'attenti. Il più alto sbatté quasi la testa contro il soffitto.

«Nomi?».

«Hostetter Linus e Rauch Karl» disse Hostetter.

«Da dove venite?».

«Siamo di qui, signor direttore. Che a casa nostra riceviamo un'accoglienza così poco gentile...».

«Dove avete prestato servizio?» lo interruppe il barone.

«Nell'esercito reale olandese, nel reggimento del maggiore generale Jakob von Sprecher».

«Siete entrati in città di notte, come ladri».

«Non vedevamo l'ora di arrivare a casa e abbiamo fatto come fanno tutti quando la porta è chiusa, ci siamo arrampicati sul noce e abbiamo scavalcato il muro. Lo facevamo già da bambini».

«Così siete finiti diritti in prigione. Potete dimostrare la vostra identità?».

«Se non ci avessero requisito tutto».

Il barone rivolse uno sguardo interrogativo al sergente che gli stava accanto e aveva ascoltato, e gli ordinò di controllare. Il sergente Caviezel corse nel posto di guardia e tornò con i documenti. Il barone li aprì e lesse il salvacondotto. Poi disse al sergente di aprire la porta della cella.

«Siete solo alto» chiese il barone a Rauch «o sapete anche parlare?».

«Sì, anche parlare» rispose questi serio, ignorando l'ironia della domanda.

«Con tutti i soldi che avete nella borsa avreste potuto pagare il guardiano notturno perché vi aprisse».

«Io volevo pagare» disse Rauch.

«In tutta la mia vita» disse Hostetter «non ho mai dovuto sborsare un centesimo per entrare in città, signor direttore».

«Allora questa sarà la prima volta» disse il barone. «Le leggi non vengono scritte per burla. Stilare le leggi non è lavoro da poco, non vi pare?».

«No, certo che no».

«O pagate tre Bluzger a testa per l'ingresso notturno, o rimanete dentro finché non vi decidete a farlo. Vi costerà cinquanta Bluzger al giorno per ciascuno».

«Io pago subito» disse Rauch, e Hostetter aggiunse: «Anch'io».

«Il sergente riscuoterà il denaro, prenderà nota e consegnerà i soldi al guardiano notturno. Poi sarete liberi. A proposito, voi siete imparentato con il commerciante di bestiame Hostetter?» chiese il barone cambiando improvvisamente discorso quando si voltò per andare.

«Con mio padre? Sì, sono suo figlio» rispose Hostetter.

«In tal caso forse oggi ci rivedremo».

24

Quando quel giovedì mattina Anna Bonadurer aprì gli occhi, il marito giaceva accanto a lei rigido e immobile, come morto. Non lo sentiva nemmeno respirare. Al risveglio ricordò il sogno in cui si arrampicava sul grande albero dalle foglie rosso cupo. Fuori dalla finestra si fece chiaro, la donna scosse Bonadurer per la spalla. Era tempo di alzarsi. L'uomo emise un lieve borbottio.

«È ora» disse, scese dal letto e cominciò a vestirsi. Lui non si mosse. La moglie lasciò dormire i figli nel lettino sotto la finestra e salì in soffitta su per la scala angusta a svegliare gli altri. Poi accese il fuoco in cucina e versò acqua fresca nel bacile di rame del focolare. Avrebbe fatto bel tempo. Dopo la colazione sarebbero andati subito a falciare.

«Bel tempo!» gridò nella camera. Di solito Hansmartin Bonadurer non si alzava con il piede sinistro. Appena sveglio andava alla fontana. Anna entrò in camera per dargli un'occhiata. Non puzzava come se il giorno prima avesse bevuto.

«Non vuoi alzarti?» gli chiese.

«Fra poco» rispose.

Quella mattina notò altri cambiamenti in lui. Hansmartin era una persona silenziosa, ma di tanto in tanto la sua calma era interrotta da ordini bruschi, talvolta anche da scatti d'ira o insulti contro qualcuno che aveva o non aveva fatto qualcosa, suscitando la sua disapprovazione. Quel giorno si sentiva malato, e in tutto ciò che faceva (non molto) si avvertiva una fretta svagata, come se non fosse davvero presente, ma con il pensiero altrove. Nonostante il bel tempo non andò nel prato. Dalla finestra di cucina seguì con lo sguardo la moglie e i figli scendere con falci e forconi giù per il sentiero verso il prato ripido e in ombra, che avevano preso in affitto sotto il villaggio di Versam.

Dove fossero finiti il cognato e il tirolese, Anna non lo sapeva. Era contenta che se ne fossero andati. Sola con suo marito avrebbe ritrovato la pace, pensò.

25

Hostetter e Rauch avevano immaginato che il loro ritorno a casa sarebbe stato come nella calcografia a colori esposta nella vetrina della stamperia Otto: la linda piazza del mercato di una piccola cittadina, un gruppo di servette col cestino al braccio e uno sbirro in uniforme che salutavano festosi un milord tirato da cavalli bianchi, una coppia distinta, benvestita che sedeva sotto il mantice e ricambiava i saluti. Gentili, puliti, di buon umore. Bisogna ammettere che i due amici erano tornati a piedi e non a cavallo, ma un reggimento reale olandese e la paga in saccoccia erano pur sempre qualcosa. Non era colpa di nessuno se erano arrivati di notte e avevano dovuto scavalcare il muro. Ma ora cosa capitava nella loro città natale? Non lieti cenni di riconoscimento, curiosità e rispetto, ma spinte nervose, urla e imprecazioni, un frenetico andirivieni, vicoli intasati, bestemmie dei cocchieri, il tanfo disgustoso dei canali e dei corsi d'acqua che attraversavano la città da sud a nord, le galline starnazzavano indignate tra le zampe dei cavalli, un ragazzo inseguiva un maiale che gli era scappato, cagnacci rognosi abbaiavano a ogni angolo di strada, colonne di cavalli da soma diretti a Maienfeld o a Thusis si accalcavano alle porte della città. Due someggiatori abbeveravano i muli alla fontana di Sankt Martin. Hostetter ascoltò i loro discorsi sulla nuova strada del San Bernardino.

La strada era ultimata, diceva uno dei due, a Spluga aveva visto con i suoi occhi un tiro a quattro giunto da Bellinzona con un carico di grano.

Forse la strada era transitabile, ribatté l'altro, ma non ancora aperta al traffico.

«Cosa significa aperta?» chiese il primo.

«Be', quasi ultimata ma non del tutto» disse l'altro.

«Vedi» disse Hostetter a Rauch, quando lasciarono Martinsplatz. «Tiri a quattro sul San Bernardino! Qui c'è qualcosa da fare per noi».

Rauch era intento a trangugiare le ultime scorte di pane mentre camminava.

Il commercio di bestiame Hostetter si trovava in Metzgerplatz di fronte al mulino superiore e alla macelleria, accanto alla porta meridionale della città, il Metzgertor. Al centro della piazza sorgeva la grande fontana dove da bambino Hostetter faceva il bagno nelle torride giornate di agosto. L'azienda era un fienile imponente, il portone scorreva da entrambe le parti rivelando un ampio androne che portava alle stalle. Durante il giorno era sempre aperto. Sulla facciata spiccava a lettere bianche il nome dell'azienda. A sinistra e a destra dell'androne si succedevano gli alloggiamenti per cavalli, manzi, vacche, buoi, muli, bardotti, in fondo c'erano i capanni per vitelli, maiali, pecore e capre. Già prima che il figlio minore si fosse lasciato convincere dal reclutatore dell'esercito olandese e avesse intrapreso il suo lungo viaggio scendendo il corso del Reno, l'azienda trattava ormai solo cavalli. Che nelle stalle ci fossero altri animali capitava molto di rado e solo per caso. Quando entrarono, Hostetter si meravigliò dei numerosi veicoli che occupavano la maggior parte dell'androne. Carrozze nuove, di gala, da caccia, landò, calessi, carri a rastrelliera. Sembrava una fabbrica di carrozze. Solo nei primi due alloggiamenti vicino all'entrata c'erano due castroni neri, che attirarono subito l'attenzione di Hostetter. Erano più alti dei cavalli nostrani, ma di complessione robusta, petto ampio, groppa obliqua, sguardo vigile e curioso.

«Sooo» disse Hostetter con tono profondo e tranquillizzante, si avvicinò a uno dei due morelli, gli mise la mano sul collo, carezzò il manto liscio, le spalle, il garrese, il dorso, la groppa, poi gli diede dei colpetti affettuosi sulle zampe posteriori, mentre il cavallo lasciava fare con le orecchie in avanti.

«Magnifico animale» disse Hostetter a Rauch che inghiottì l'ultimo boccone, quando dietro di lui si levò una voce ammonitrice: «Cosa ci fate qui?».

«Toni?» esclamò Hostetter, e l'uomo anziano gridò altrettanto sorpreso: «Linus? Ma sì! Cristo santo! È lui! È proprio lui! Dio mio! Linus!».

Toni Seglias, il garzone dell'azienda Hostetter, un uomo basso e nerboruto che lavorava per loro da una vita, gli strinse la mano senza accennare a lasciarla. Poi si voltò verso Rauch, alto quasi il doppio, e levò lo sguardo su di lui: «Karli! Quanto siete cresciuto! Ora basta però!».

E così cominciò un andirivieni di gente, uno scambio di saluti con il padre, richiamato fuori dalle voci, con il fratello maggiore e infine con la madre che scoppiò a piangere, da settimane aspettava il figlio minore, ma i viaggi e la puntualità non andavano d'accordo, quante lacrime versò in quel momento nella stalla, poi a colazione, che quel giorno fu ripetuta in onore dei baldi giovani tornati a casa (con grande gioia di Rauch, o forse era già il pranzo?). Quando smise di piangere, diede varie disposizioni per la ripulitura urgente e necessaria dei due reduci e dei loro vestiti, disposizioni che purtroppo si persero nell'eccitazione generale. A metà mattina erano riusciti a raccontare solo le cose più importanti, e lasciarono cadere ostentatamente sul tavolo con un tonfo le due pesanti borse di cuoio, quando Toni Seglias interruppe la festa di famiglia improvvisata: «C'è il barone!».

26

Il barone von Mont fece la sua comparsa nell'azienda Hostetter accompagnato da una delegazione. Ne facevano parte un gendarme, il carceriere e il consigliere Otto (con la cartella di cuoio sotto il braccio). Dopo alcune domande brevi e cortesi sul ritorno del figlio minore e del nipote del maniscalco Mohn, si passò al vero scopo della visita, i due morelli.

L'azienda Hostetter aveva importato la pariglia dalla regione del Baden appositamente per l'ufficio del giudice istruttore. Venivano da un allevatore che rafforzava il sangue dei suoi cavalli con uno stallone Hackney inglese. Il risultato dell'incrocio erano temperamento, velocità e un'andatura maestosa. La carrozza laccata di nero era opera di un artigiano di Berna, un po' più stretta del solito ma provvista di robuste sospensioni a molle, adatte per affrontare le cattive strade grigioni. Aveva uno scompartimento posteriore munito di sbarre (per i criminali) e uno anteriore con una panca imbottita. In tutto il Grigioni non ce n'era una uguale. Il padre di Hostetter confermò che tutto era pronto e che si dovevano solo attaccare i cavalli, poi il barone chiese aiuto per trasferire la carrozza al Sennhof.

Purtroppo il gendarme Venzin, esperto nella conduzione di un tiro a due cavalli di un certo temperamento, spiegò il barone, era sulle tracce di due donne e un falso medico che fuggivano la giustizia scendendo il corso del Reno.

«Vi aiuteremo noi, naturalmente,» si affrettò a rispondere Linus Hostetter «non abbiamo nulla da fare, vero, Karli? Per lei questo e altro, signor direttore».

Mio figlio, pensò il padre di Hostetter. Non cambia mai, coglie ogni occasione per balzare a cassetta e prendere in mano le redini; è una festa per lui. Perciò disse: «I finimenti sono nel ripostiglio, quelli nuovi inglesi».

«Soldato Rauch!» esclamò Hostetter. «Prendi le spazzole».

«Vedo che siamo in buone mani» disse il barone soddisfatto. «Majoleth, Heiri, voi potete tornare subito indietro, non c'è più bisogno del vostro aiuto. Fra poco entreremo nella corte. Heiri spargerà un po' di fieno in segno di saluto e prenderà qualche rapa in cantina».

Il gendarme e il carceriere risposero all'ordine – «Capito, signor direttore!» – e uscirono.

Mentre il barone entrava in casa con il consigliere Otto e Hostetter padre per suggellare l'affare, Hostetter e Rauch prepararono la pariglia. Condussero i cavalli nell'androne lastricato, li strigliarono, spazzolarono le criniere e le code, ripulirono gli zoccoli dallo sterco e li spalmarono di grasso. Presero i finimenti nel ripostiglio, bardarono i cavalli e misero a punto le cinghie. Prima che la carrozza fosse pronta a muoversi, gli altri uscirono di casa. La madre prese da un cesto alcuni bicchierini e li distribuì agli uomini, secondo l'usanza dell'azienda Hostetter. L'affare era concluso, bisognava brindare. Prima che tutti fossero serviti, arrivò di corsa il sergente Caviezel con una verga di nocciolo in mano, seguito da un giovane madido di sudore.

«Signor direttore…» ansimò il sergente.

Tutti, chi con il bicchierino pieno di grappa, chi ancora in attesa che la madre lo riempisse, guardarono il sergente con impazienza.

«Questo messaggero» disse con affanno «viene dal landamano Locher di Ems, a cavallo, è capitato qualcosa…».

La signora Hostetter si affrettò a versare, perché intuì che si stavano verificando due fatti inconciliabili, la felice conclusione dell'affare e un evento probabilmente spiacevole.

«Una cosa per volta» disse il barone, alzò l'indice con gesto ammonitore e si guardò intorno. «Al nostro affare! E ai nostri reduci!».

«Salute! Evviva!» esclamarono tutti insieme, sorseggiarono la grappa di prugne e riposero i bicchieri vuoti nel cesto prima ancora che il gradevole bruciore si spegnesse in gola.

«Ora è il vostro turno» disse il barone e guardò il sergente con aria interrogativa.

«Il landamano della corte di giustizia di Imboden chiede il suo aiuto, signor direttore» disse il sergente Caviezel e mostrò una lettera.

«Nel mulino dello stagno» s'intromise il messaggero, che a giudicare dai vestiti doveva essere un giovane contadino. «Dopo Bonaduz, sulla strada per Versam, una brutta storia!».

Il sergente porse la lettera al barone, senza sigillo, probabilmente era stata scritta d'urgenza, un foglio ripiegato più volte.

Il barone l'aprì e lesse le righe buttate giù in fretta e furia. Si rabbuiò in volto. «Sì,» disse poi «dobbiamo andare a Bonaduz, immediatamente, senza indugio. Signor Otto, avvisate subito il consigliere sanitario Kaiser, e se non lo trovate, il dottor Gubler. Uno di loro deve venire con noi. Dobbiamo andare a Bonaduz. Adesso! Come facciamo senza Venzin? Ora che abbiamo una carrozza così veloce, non c'è nessuno che possa guidarla?».

Il barone aveva posto la domanda a voce alta per ribadire ancora una volta la disperata carenza di uomini che affliggeva la polizia cantonale nel Grigioni. Ancor prima che gli venisse l'idea, fu Linus Hostetter a prendere la parola: «Portiamo la carrozza anche a Bonaduz, vero, Karli? Due stradine o Bonaduz, che differenza fa? Per me anche in Italia, signor direttore!» esclamò con entusiasmo rivolto ai presenti, che sostavano perplessi nell'androne. In quel momento Hostetter non sapeva quanto sarebbe andato vicino a mantenere l'impegno.

«Questo si chiama parlare» disse il barone al padre di Hostetter. «Proprio al momento giusto. Accettiamo con gioia. Il sergente Caviezel mi aiuterà a portare qui l'equipaggiamento dal Sennhof al più presto. Il consigliere Otto vada subito a prendere il dottore. Appena arriverà ci metteremo in viaggio. Il cantone chiede aiuto. I miei due soldati attacchino i cavalli!».

Si riparte, pensò Rauch mentre tirava avanti la carrozza con Hostetter. In realtà avrebbe voluto andare a trovare suo zio, il fabbro, e chiedergli di lavorare da lui. Ora il progetto doveva aspettare. Rauch non lasciò trasparire la sua preoccupazione. C'era qualcosa da fare, e ci si mise d'impegno.

27

Poco dopo una campana di Sankt Martin batté le dieci e mezza. Il consigliere sanitario dottor Gubler arrivò di fretta con una borsa. Anche il barone tornò con il bagaglio. Il sergente Caviezel e il gendarme Majoleth portavano una cassa di legno visibilmente pesante, nella mano libera un sacco di lino e caricarono tutto sulla carrozza.

Il barone e il dottore salirono, Hostetter schioccò la lingua e condusse la carrozza per il vicolo verso la Porta superiore. Sedeva a cassetta con Rauch e scacciava la gente a voce alta. Fuori dalla città schioccò di nuovo la lingua e i morelli si misero al trotto. Risalirono il Reno verso ovest attraverso frutteti, prati e pascoli, passarono davanti a fattorie isolate e al villaggio di Felsberg, che sorgeva sulla sponda opposta del fiume ai piedi del Calanda.

Mentre nella carrozza il barone e il dottore rileggevano il messaggio del landamano e discutevano su ciò che poteva significare di preciso, Hostetter e Rauch si rallegravano del viaggio veloce. I morelli trottavano come se fossero stati rinchiusi tutta la vita e godessero dell'aria fresca per la prima volta. Le falcate erano così ampie e slanciate, che nemmeno un'ora dopo trottavano per le strade di Ems. Avevano i fianchi bagnati e il ritmo si era fatto più regolare, ma non davano segno di stanchezza. Alla confluenza del Reno anteriore e del Reno posteriore percorsero al passo il lungo ponte di legno, e poco dopo arrivarono a Bonaduz.

Hostetter li tenne al passo e guidò la carrozza sulla strada per Versam e il Safiental. Tra i muri delle case gravava la calura del mezzogiorno. Il sole splendeva alto nel cielo, non spirava un alito di vento. All'uscita del villaggio Hostetter schioccò la lingua, e i cavalli si rimisero subito al trotto. Era entusiasta. I due morelli superavano i cavalli da tiro nostrani in velocità, resistenza, forza e altezza.

«Dove mangeremo?» chiese Rauch.

Hostetter scrollò la testa e guardò in alto. I rami erano pericolosamente vicini. Entrarono nel bosco. I raggi del sole brillavano tra gli abeti scuri.

28

All'interno della carrozza si era fatto caldo, molto caldo. Il signor dottore e il barone si allentarono le sciarpe annodate ad arte e presero ad asciugarsi il sudore dalla fronte con i fazzoletti a intervalli regolari. Per fortuna ora entrava dal finestrino un refolo d'aria boschiva più fresca. Il barone pescò l'orologio dal taschino del panciotto. Quando uscirono dal bosco indicava mezzogiorno e cinque (ora di pranzo), e dopo la curva videro spuntare il mulino dello stagno.

Ai loro occhi si offrì uno spettacolo singolare. Diverse persone sedevano sul prato a una certa distanza l'una dall'altra, all'ombra di cespugli di sambuco, su seggiole tornite, intagliate e verniciate, che in realtà facevano parte del mobilio della casa. Alcuni erano accovacciati anche per terra. Vicino alla stalla sostavano un calesse con un leardo pomellato e un carro a rastrelliera con un Freiberger, i due cavalli brucavano. Accurata composizione di un paesaggio con figure, come dipinto da Lory figlio. Quando comparve la carrozza del barone, si alzarono tutti insieme dalle seggiole e da terra e si raccolsero in un gruppo, osservando con aria preoccupata e impaziente Hostetter che fermò con perizia i cavalli al trotto. Poi lo sportello si spalancò e il barone e il dottore scesero.

«Orribile, che evento orribile!» esclamò il landamano Locher come saluto. «Siamo lieti che il signor giudice istruttore sia venuto con tanta rapidità! Abbiamo pensato che fosse la cosa migliore, dato che si sospetta di uno straniero…».

I signori si conoscevano già, il landamano Locher presiedeva la corte di giustizia di Imboden e aveva incontrato più volte il barone a Coira in occasione di sedute del Consiglio. Un uomo tarchiato, robusto, con bocca, naso, orecchie, testa e mani troppo grandi.

«Il mio luogotenente, Christian Fetz di Rhäzüns,» disse il landamano indicando un uomo pallido accanto a sé – «Signor giudice istruttore» disse questi chinando il capo – «al suo fianco il capitano Peter Vieli a nostra disposizione, al momento è in congedo in patria, conoscerà sicuramente suo padre, il granconsigliere Vieli...». «Carta e inchiostro li ho con me» disse il giovane benvestito, e strinse la mano al barone.

«Dove presta servizio?» chiese il barone.

«In Olanda, nel reggimento grigione di Jakob von Sprecher» rispose Peter Vieli.

«In tal caso conoscerà i due reduci» disse il barone indicando Hostetter e Rauch, che si avvicinarono al gruppo.

«Uomini che non passano inosservati,» disse Peter Vieli «bravi soldati, ma non erano nella mia compagnia».

Hostetter e Rauch si meravigliarono di incontrare in quel luogo un capitano del loro vecchio reggimento; scattarono sull'attenti e fecero il saluto.

Il landamano indicò un altro del gruppo. «Questo è il garzone del mugnaio». «Franzisk!» proruppe allora il garzone con impeto. «Il tirolese Franzisk! È stato lui!».

«Una cosa alla volta, per favore!». Il barone si stupì della veemenza con cui il garzone aveva fatto il nome del colpevole. «Siete un testimone del crimine?».

«Io? No!» rispose spaventato il garzone.

«E allora perché sostenete di conoscere l'assassino?».

«Perché ieri Franzisk è stato qui!».

«È tutto?» chiese il barone.

«Il tirolese ha litigato con il mugnaio per via del suo cane!».

«E per questo avrebbe ucciso diverse persone?».

L'uomo fissò il giudice a bocca aperta, poi rivolse gli occhi a terra con imbarazzo.

Il landamano indicò con il braccio teso un pendio a monte del sentiero: «Da quella parte stamattina tre uomini stavano falciando e il garzone li ha chiamati in aiuto quando sotto la scala... La gamba...». A quel punto il landamano Locher s'interruppe, mentre il suo sguardo inorridito continuava a passare dal giudice istruttore al signor dottore.

«Procediamo con ordine!» disse il barone nella pausa di terrore che seguì. E rivolto al landamano: «Vorreste essere così gentile da mostrare prima le vittime a questo signore, il dottor Gubler, consigliere sanitario di Coira? Tutti gli altri si tengano a disposizione a debita distanza e parlino solo se interrogati!».

Ordine, pensò il barone avviandosi verso il mulino, qui bisognava assolutamente mettere ordine, e senza perder tempo.

Il dottore e il landamano lo seguirono.

29

Il mulino sorgeva ai margini di un prato paludoso. Sul retro, dopo un breve pendio, cominciava il bosco. La proprietà comprendeva il mulino e una stalla, distante pochi passi. Lungo il muro esterno una semplice scala di legno con il corrimano portava all'entrata. Sotto la scala erano impilati piccoli ciocchi di abete. La catasta era crollata. Da sotto i ciocchi sparsi all'intorno spuntavano una gamba nuda, un braccio e la testa di una donna. L'occhio sinistro era aperto, marcatamente deviato in fuori. L'occhio destro era squarciato da un taglio profondo, che continuava sullo zigomo fino alla mascella. Era solo una delle numerose ferite da punta e da taglio presenti in tutto il corpo. La camicia da notte era inzuppata di sangue.

«Sappiamo chi è?» chiese il barone.

«Franziska Giesser di Dornbirn, prima era la serva del mugnaio» disse il landamano. «Ieri sera è venuta senza preavviso, ha detto il garzone».

Il barone e il dottor Gubler, fermi davanti al corpo, lo osservarono in silenzio per un po', poi il barone chiese: «E gli altri?».

«Dentro!» proruppe il landamano. L'espressione del suo volto largo non prometteva niente di buono.

Salirono su per la scala fino alla porta d'ingresso, cercando di non calpestare le gocce di sangue sui gradini. Il landamano li seguì.

Le tracce portavano all'ingresso, e da lì nella Stube. Anche qui c'era sangue sul pavimento, soprattutto davanti alla panca della stufa. Il barone trattenne il dottore per la manica e indicò un disegno caotico di impronte e strisciate di sangue che portavano alla camera sul retro. Con lo sguardo rivolto a terra per non calpestarle, il barone e il dottore si avvicinarono alla stanza. Il landamano rimase nell'ingresso. Aveva già visto la scena e non voleva rivederla.

Nella camera si offrì ai loro occhi uno spettacolo raccapricciante. Il pavimento era lordo di sangue, le pareti imbrattate, come dipinte da mani inesperte. Sul letto intriso di sangue giaceva un uomo nudo, riverso su una donna nuda anch'essa. I due corpi erano martoriati da numerose ferite. L'uomo aveva una ferita aperta sulla nuca, il cranio era praticamente spaccato. La faccia della donna, rivolta verso di loro, era sfigurata dai colpi.

«Dio mio!» esclamò il dottore. Si portò la mano alla bocca e distolse lo sguardo, inorridito.

Il barone sentì un formicolio alla testa e alla schiena, gli si rizzarono i capelli. «Chi sono?» chiese.

«Il mugnaio» gridò il landamano dall'ingresso «e la sua serva».

Il barone strinse gli occhi dubbioso. «Le condizioni della vittima di sesso maschile non lasciano adito a dubbi. Signor consigliere sanitario, potrebbe confermare che anche la seconda vittima è morta? Solo per nostra sicurezza...».

Il medico si avvicinò al letto con cautela, prese il polso della donna e fissò a lungo il pavimento. Poi scosse il capo e lasciò la mano.

«Questa è opera del diavolo» disse il barone. Si chinò

a osservare i corpi massacrati, come se cercasse di scoprire un vuoto tra di essi. «Non sarà un lavoro piacevole,» aggiunse «ma ci occorre una relazione precisa». Indicò le singole ferite: «Ferite da punta, ferite da taglio. Sono state usate armi diverse. Bisogna verbalizzare tipo, estensione e profondità di ogni singola ferita. Quali sono state mortali? Quali superficiali? Il capitano vi aiuterà».

30

Uscirono all'aperto, preceduti dal landamano. I prati brillavano di un verde intenso nel sole di mezzogiorno, dietro il mulino mormorava il ruscello, la ruota girava cigolando. Sembrava impossibile che la scena raccapricciante nella camera e quella estate tranquilla facessero parte dello stesso mondo. Il luogotenente Fetz e il capitano Vieli aspettavano ai piedi della scala. Avevano già visto i cadaveri. I loro accompagnatori e il garzone erano tra il mulino e la stalla, come in attesa del pittore di paesaggi che per un qualche motivo era in ritardo. Come se intuissero che non sarebbe più venuto e continuassero comunque ad aspettare rassegnati. Rauch si era fatto dare un secchio dal garzone e abbeverava i cavalli. Hostetter strofinava i fianchi bagnati degli animali con una manciata di paglia. Il Freiberger davanti al carro scuoteva la testa per scacciare le mosche. Un venticello muoveva le foglie del sambuco.

«Molto strano, non trova anche lei?» chiese il barone al medico mentre scendevano la scala. Il dottor Gubler non sapeva cosa intendesse il barone. Non gli pareva un aggettivo adeguato allo spettacolo spaventoso che si era appena presentato ai loro occhi. Rivolse uno sguardo disorientato al barone, che precisò la domanda: «La donna e l'uomo non sono stati uccisi nel letto. Perché metterli proprio lì, l'uno sull'altra?».

Il dottor Gubler continuò a guardarlo perplesso.

«Le numerose ferite sono state inflitte prima che venissero distesi sul letto» spiegò il barone.

Il dottore vide riemergere davanti a sé l'immagine delle vittime sfigurate e si rese conto che il giudice aveva ragione. Non sarebbe stato possibile infliggere le ferite in quella successione mentre i corpi giacevano l'uno sull'altro. Ma chi era stato così pazzo da uccidere due persone e sistemarle in quel modo ripugnante?

«Chi ha scoperto le vittime?» chiese il barone al landamano.

«Un uomo di Sculms» rispose Locher.

«Sappiamo il nome?».

«Ne ha preso nota il capitano».

«Jeremias Weibel» disse il capitano Vieli dando un'occhiata a un biglietto.

«Quando è successo?».

«La mattina presto. Era arrivato a piedi da Sculms per prendere la farina».

«A piedi?» insisté il barone. «Per prendere la farina? Allora probabilmente si trattava solo di una piccola quantità».

Il landamano guardò il giudice e si strinse nelle spalle con aria perplessa.

«Cos'è stato fatto finora?» chiese il barone.

«Fatto?».

«Sono state avviate delle ricerche?».

«Il capitano ha perlustrato con gli uomini il bosco a monte del mulino,» disse il landamano, facendo un ampio gesto con il braccio teso «anche in direzione di Versam e Bonaduz, ma non ha trovato niente».

Il barone osservò le persone che lo attorniavano e rifletté sul da farsi. Il capitano Vieli sarebbe stato un segretario affidabile. Ma aveva l'impressione che il landamano Locher, il suo pallido luogotenente Christian Fetz e i loro accompagnatori non sarebbero stati di grande aiuto. Lo sguardo del giudice cadde sulla nuova carrozza nera con i due cavalli, accuditi da Rauch e Hostetter. I due mercenari parevano scrupolosi. Erano abituati a eseguire gli ordini. Le indagini avrebbero richiesto un certo tempo. Chiamò Hostetter e gli ordinò di staccare i cavalli e di alloggiarli nella stalla.

«Come mai la ruota gira?» chiese poi al garzone. «Siete stato voi ad avviare il mulino?».

«No» disse il garzone. «Stamane la ruota girava già».

Il barone gli ordinò di regolare le saracinesche e fermare la ruota.

Quando i cavalli furono sistemati, il barone chiese a Hostetter se lui e Rauch avrebbero potuto aiutarlo nelle indagini.

«Certamente» disse Hostetter e fece il saluto, com'era sua abitudine.

Ma subito dopo il suo slancio si spense.

Quando con Rauch liberò il corpo della donna dai ciocchi di abete, si trovò davanti Franziska.

La stessa Franziska che avevano visto nella carrozza la mattina precedente, poco dopo Feldkirch. Quella Franziska che aveva fatto una grande impressione su Rauch, e che avrebbe voluto andare a trovarlo a Coira.

Questo era il loro terzo incontro.

Quando Hostetter la riconobbe, si girò di scatto. «Va' nella stalla,» disse bruscamente a Rauch «e vedi un po' se i cavalli hanno tutto il necessario!».

Ma Rauch aveva già riconosciuto Franziska. Fissò il corpo martoriato che giaceva davanti a loro e non disse una parola. Digrignò i denti e serrò le mascelle.

31

«Questa qui,» disse il garzone indicando il primo dei tre cadaveri, che ora giacevano allineati sul pavimento dell'ingresso «questa è Franziska».

Hostetter e Rauch avevano portato la serva su per la scala e l'avevano deposta lì per ordine del barone. Poi avevano portato fuori dalla camera il corpo molto più pesante del mugnaio e lo avevano sistemato accanto a lei, infine la serva più giovane, la più leggera.

«Franziska Giesser» riferì il garzone. «Prima era la serva di quello lì, del mugnaio. Poi in primavera è arrivata la serva nuova, quella là,» disse indicando l'ultimo cadavere «Annamaria di Valens. E poi Franziska è tornata a Dornbirn. Era venuta ieri sera. Perché aveva ancora un conto aperto con il mugnaio, una questione di soldi. E adesso Franzisk li ha uccisi! Tutti e tre!».

«Una questione di soldi» ripeté il barone. «Chi è questo Franzisk, di cui continuate a parlare?».

«Franzisk, l'orologiaio tirolese, Franziskus Rimmel si chiama».

Il garzone era imbarazzato e stropicciava il berretto con entrambe le mani.

«E voi come vi chiamate?» chiese il giudice al garzone.

«Peter Bardolin».

«Ora aspettate fuori finché sarete interrogato» ordinò il barone von Mont e lo congedò con un cenno.

Il giovane capitano Vieli si era seduto a un tavolo semplice, accostato al muro vicino ai sacchi di grano, e aveva tirato fuori l'occorrente per scrivere: penne, una bottiglietta di inchiostro nero, il temperino, una scatolina di sabbia, una pila di fogli azzurro pallido. La seggiola l'aveva presa nella Stube. La penna era appuntita, il calamo era pieno di inchiostro. Il barone von Mont andava avanti e indietro fra i sacchi e dettava. Con una calligrafia minuscola e appuntita il capitano Vieli vergò sul foglio nuovo l'inizio del verbale: *Per ordine del signor giudice istruttore barone von Mont, nel mulino dello stagno, a una mezz'ora da Bonaduz, giovedì 12 luglio 1821. Rinvenimmo in loco tre cadaveri già freddi, deturpati dal sangue e dalle ferite, che si trovavano nel mulino. Il mugnaio Michel Blum, trentasei anni. Annamaria*

Gartmann, ventidue anni. Franziska Giesser, trentaquattro anni.

Il medico appese la redingote a un chiodo e tirò fuori dalla borsa una grossa pinza e un metro, come quello usato dai sarti. Si piegò sulle ginocchia accanto al primo corpo e con la pinza scostò una ciocca di capelli dal volto.

«Voi» disse il barone a Hostetter e Rauch «prendete due seggiole nella Stube e mandate dentro il landamano e il luogotenente, saranno i testimoni dell'esame. E impedite a chiunque di entrare e disturbarci. Ora il medico continuerà il suo lavoro».

Quando gli altri furono usciti, il dottor Gubler si chinò sul cadavere dell'uomo e cominciò a dettare con lunghe pause: *Sul corpo di Michel Blum si evidenzia quanto segue: 1. sul lato sinistro del capo una grave ferita da corpo contundente lunga tre pollici e mezzo che interessa l'osso frontale, l'osso temporale e l'osso occipitale, e penetra profondamente nel cervello attraverso la scatola cranica* – a quel punto entrarono il landamano e il luogotenente. A un cenno del barone si misero seduti, e al capitano cadde sul foglio una grossa goccia di inchiostro.

Il dottor Gubler continuò a dettare – *probabilmente inferta con una scure. 2. Sulla regione temporale anteriore, proprio sopra l'orecchio, dallo stesso lato, una ferita da punta triangolare e larga un pollice, che penetra anch'essa fino alla materia cerebrale. 3. Una ferita da punta della medesima forma, larga mezzo pollice sopra l'angolo sinistro della bocca, che ha trapassato l'osso zigomatico e arriva fino alla cavità orale.*

4. Una ferita da punta trapassante, inferta con violenza sul lato sinistro del collo, larga quasi un pollice. 5. Una ferita trasversale nella regione anteriore del collo, proprio sotto la tiroide, lunga tre quarti di pollice, ma superficiale.

Il dottor Gubler sottopose il cadavere a un esame approfondito, lo girò sui fianchi e sull'addome per non tralasciare nulla. Sul corpo del mugnaio individuò in tutto diciotto ferite da punta e da corpo contundente, inferte con almeno due armi diverse. Su Annamaria Gartmann individuò otto ferite simili. Poi prese dalla borsa altri ferri chirurgici e aprì l'addome della serva più giovane con un bisturi. Il landamano e il luogotenente, inorriditi, distolsero lo sguardo e rimasero in contemplazione dei sacchi di grano. Dopo pochi minuti il dottore Gubler dettò: *Da un esame approfondito risulta che l'infelice portava in grembo un feto di sesso femminile di tre – quattro mesi.* Ripeté la medesima procedura per Franziska Giesser e dettò: *Su questa persona brutalizzata nel modo più devastante si riscontrano diciotto gravi ferite esterne da corpo contundente, da punta e da taglio. Da un esame approfondito risulta che anche questa infelice portava in grembo un feto di sesso maschile di cinque – sei mesi.*

«Quintuplice omicidio» osservò il barone.

Si udirono dei passi per la scala, voci alte, poi Hostetter aprì la porta e annunciò: «È stata ritrovata un'arma».

Il garzone si precipitò dentro con una scure insanguinata e la depose sul tavolo. «La scure di Franzisk!» disse furibondo.

Sulla lama e sul manico c'era sangue scuro, rappreso. «Dove l'avete trovata?» chiese il giudice.

«Sotto la legna!» affermò il garzone.

Il barone von Mont si rivolse a Hostetter: «Avete visto una scure quando avete scoperto il corpo?».

«No».

«O avete visto il garzone nel momento in cui ha trovato la scure?».

Hostetter scosse la testa. «Il garzone è appena uscito dalla stalla».

«Con la scure in mano?» chiese il giudice.

Hostetter esitò: «Questo non ho potuto vederlo, solo quando mi è stato davanti…».

«E lei, signor dottore, prima ha visto una scure?».

«No».

«E come mai credete che questa sia la scure di colui che avete nominato?» chiese il giudice al garzone.

«Certo che lo è, ha il manico segato, una così ce l'ha solo Franzisk, non si può spaccare la legna con una scure così».

32

Mentre Hostetter sorvegliava la porta, Rauch aveva sceso i gradini facendo attenzione a non calpestare le gocce di sangue rappreso. Poi si fermò con aria goffa sul prato fra il mulino e la stalla, e divenne parte del paesaggio estivo.

Non riusciva a capire né a mettere ordine in quello che lo circondava e che gli stava capitando. Gli anni nei Paesi Bassi erano stati tranquilli. Una vita monotona da soldato, esercitarsi, marciare, aspettare, mangiare, dormire, esercitarsi, aspettare, mangiare, pulire l'equipaggiamento, spazzare il cortile della caserma, aspettare. Aspettare era la principale occupazione di un soldato. Aspettare ed essere preparati in caso di emergenza. Poi era tornato a casa, sulla via del ritorno aveva conosciuto una serva carina, era finito in prigione per sbaglio e il giorno dopo aveva trovato la serva massacrata e uccisa, e adesso era coinvolto in prima persona nelle indagini di polizia, tutto in brevissimo tempo, in un luogo irreale dove il sole e il vento estivo creavano l'illusione di un idillio ingannevole. Non aveva ancora avuto il tempo di arrivare al suo paese.

Hostetter era davanti alla porta e osservava Rauch, fermo sul prato con aria persa. Anche in quel momento Rauch non lasciava trasparire nulla, ma sotto la superficie della sua espressione impietrita era in fermento, Hostetter lo conosceva bene. Non sapeva cosa dirgli. Di solito il suo sarcasmo era efficace anche in situazioni spiacevoli. In questo caso non serviva a niente. La vista dei tre morti che avevano dovuto portare nell'ingresso aveva sconvolto anche Hostetter, e lo aveva messo in allarme. Aveva la sensazione che qualcosa potesse balzargli addosso dal nulla, dall'erba verdeggiante intorno a loro, dal volto cupo del garzone che aspettava davanti al mulino. Hostetter non sapeva cosa stessero facendo il barone e il dottore lì dentro. Ma da loro si aspettava che, in quanto autorità, avrebbero sistemato le cose. Il mondo si era capovolto, si era incrinato, era impazzito a causa di una forza della natura invisibile e sinistra, una potenza malvagia che aveva massacrato tre esseri umani e rovesciato la catasta di legna. Qualcuno doveva ristabilire l'ordine.

«Aiutami!» gridò Hostetter a Rauch, scese i gradini e cominciò a impilare la legna con ordine sotto la scala. Non era che un invito. Rauch lo capì e lo aiutò.

33

Il dottore aveva concluso l'esame e stilato il referto autoptico. Il giudice istruttore ordinò di avvolgere i tre corpi in lenzuoli e portarli nella cantina fresca, poi incaricò gli accompagnatori del landamano di prendete secchi e stracci e ripulire la Stube e la camera dal sangue.

Nel frattempo era arrivata gente da Bonaduz, con il pretesto di comprare del pane. In realtà avevano sentito parlare di un delitto orrendo e volevano saperne di più. Sostavano intorno al mulino, bisbigliavano tra loro e allungavano il collo per la curiosità.

Rauch si parò davanti alla porta e impedì a chiunque di entrare.

Il giudice convocò il garzone nell'ingresso, gli ordinò di sedersi e cominciò a interrogarlo. Il landamano, il suo luogotenente, il capitano Vieli e Hostetter assistevano all'audizione del teste.

Il garzone prese posto su una sedia, si tolse il berretto e dichiarò nome, età, provenienza. Peter Bardolin, trent'anni, di Sondrio. Poi riferì del suo rapporto di lavoro, descrisse il mugnaio come uomo solerte e allegro. Raccontò che il giorno prima Franziska Giesser era arrivata al mulino di sorpresa e, poiché era già tardi, avrebbe voluto restare per la notte. La richiesta era stata accolta.

Alla domanda quando avesse visto le vittime vive per l'ultima volta, il garzone non diede una risposta chiara; fu elusivo, nicchiò, si impelagò in contraddizioni continuando a torcere il berretto fin quasi a strapparlo.

Il giudice ripeté la domanda, ma il garzone non rispose. Il giudice minacciò di infliggergli una pena dolorosa o di trarlo in arresto se avesse nascosto qualcosa, o se avesse ostacolato la giustizia in qualche altro modo. Hostetter colse la durezza della minaccia, ma ne constatò l'efficacia. Il garzone arrossì e ammise che a tarda sera, molto dopo l'imbrunire, era tornato al mulino. Perché nella Stube la luce era ancora accesa. Voleva dare una sbirciatina attraverso la finestra. Un solo istante! Per curiosità. Perché il mugnaio. Un uomo allegro. Il mugnaio e due donne. Ecco! Lo aveva detto.

«Come siete riuscito a dare una sbirciatina attraverso la finestra? A tre metri da terra?».

«Con la scala».

«Siete sgattaiolato verso il mulino di notte, con una scala,» si meravigliò il giudice «per guardare attraverso la finestra?».

Il garzone stropicciò il berretto e annuì.

«Cosa avete visto nella Stube?» chiese il giudice.

L'orologiaio Franzisk al tavolo, con un bicchiere davanti. Il mugnaio sulla panca della stufa. La serva più giovane vicino a lui. L'altra serva al tavolo. Poi era andato a dormire. Perché con due uomini e due donne, un quinto non aveva niente da guadagnarci.

«Lo stesso Franz Rimmel al quale apparterrebbe la scure?» chiese il giudice.

Il garzone annuì.

«Cosa ci faceva Rimmel al mulino?».

«Franzisk, be', sì, è sempre in giro, una volta qui, una volta là. E spesso al mulino. Dove gli danno da lavorare. O un bicchiere di grappa» disse il garzone.

«Che aspetto ha?».

«È sui cinquanta, molto basso, quasi pelato, occhi azzurri e non ha i favoriti. Naso a punta, volto pallido, sottile».

«E dove abita?».

«In realtà da nessuna parte, dappertutto, ora qui ora là. Con sua moglie a Lenz non vive più da un pezzo. Lei non lo vuole più vedere, da quando l'ha lasciata per certe storie con altre donne».

«Un orologiaio?».

«Fa di tutto, legna, stalla, fieno. Con lui bisogna solo stare attenti».

«In che senso? Bisogna stare attenti a cosa?» domandò il giudice.

«Perché Franzisk non fa distinzioni tra mio e tuo. Dopo che se n'è andato, manca sempre qualcosa. Anche a me ha rubato qualcosa, il coltellino, ma lui nega».

«Avete notato altro attraverso la finestra, una lite per esempio?».

«No, questo no. Ma è stato Franzisk! Ha ucciso lui il mugnaio e le due serve. Chi sarebbe stato altrimenti?».

34

Erano le tre del pomeriggio quando il giudice avvertì un lieve senso di nausea, come succedeva sempre quando rimandava o dimenticava di mangiare e bere per le troppe preoccupazioni. Non era saggio, lo sapeva, perché si poteva pensare erroneamente che il malessere fosse dovuto agli eventi della giornata. Come col mare mosso un marinaio doveva riempirsi lo stomaco con qualcosa di digeribile per evitare il mal di mare (il barone lo aveva letto in un racconto di viaggio di Joseph Standham di Plymouth), anche un funzionario giudiziario non doveva ignorare le semplici necessità del proprio corpo, neppure nello scompiglio generale. Tuttavia ora doveva consultarsi con il landamano e il luogotenente sulla prima cosa da fare.

«Che ne pensano lor signori di questi terribili avvenimenti?» chiese il barone agli astanti. «Signor landamano?».

Luzius Locher unì i forti polpastrelli, pollice con pollice, indice con indice, e le sue manone formarono una grossa gabbia tonda in cui guardò dentro come l'indovina nella sfera di cristallo, poi disse con parole misurate: «È come ha riferito il garzone. Il tirolese Franziskus Rimmel ha ucciso le serve e il mugnaio. Abbiamo trovato la sua scure imbrattata del sangue delle vittime».

Il landamano aprì la gabbia e ne lasciò uscire la tetra profezia come una falena, mostrò le mani vuote e non aggiunse altro.

Il barone si rivolse al luogotenente: «Qual è la sua opinione?».

Il volto pallido di Christian Fetz sembrava far luce nell'ingresso del mulino. «È successo come dice il landamano, è stato Rimmel, non vedo altra ipotesi».

«Ciò che non possiamo vedere» fece presente il barone «non per questo è impossibile. Chiediamoci ancora una volta: chi ha scoperto le vittime?». Il barone si rispose da solo: «Il garzone. Chi ha trovato la scure? Il garzone. Chi l'ha riconosciuta come quella del tirolese? Il garzone. L'idea che finora ci siamo fatti di quanto è accaduto si basa sulle dichiarazioni di un solo uomo».

«Perché dovrebbe mentire?» sfuggì al landamano.

«Una buona domanda,» replicò il barone «già, perché dovrebbe mentire? Un'altra domanda: per quale motivo questo Rimmel avrebbe dovuto uccidere tre persone con tanta ferocia? Forse perché litigavano a causa di un cane?».

Per un po' nella stanza ci fu silenzio.

«La criminologia» proseguì «non può accontentarsi di alcune affermazioni casualmente compatibili. Indicano un sospetto, nient'altro. Per quanto concerne la vera e propria scoperta del crimine, le dichiarazioni del garzone lasciano supporre che i fatti si siano svolti in questo modo».

«Alle quattro del mattino, esattamente dodici ore fa,» disse il barone dando un'occhiata all'orologio, che poi richiuse e infilò nel taschino del panciotto «tre persone si trovavano davanti al mulino quasi nello stesso momento: un uomo, giunto presumibilmente a piedi dal villaggio di Sculms per prendere la farina. Una donna di Rhäzüns, che voleva comprare il pane. E il garzone, che veniva dalla stalla vicina dove aveva dormito. Il mulino era in funzione, la ruota girava ma la porta era chiusa, con meraviglia dei testimoni. Bussarono forte e a lungo, ma nessuno aprì. Il garzone cominciò a preoccuparsi. Poi sotto la scala scoprirono una gamba nuda che sporgeva dai ciocchi, e quando spostarono la legna trovarono la prima vittima, la serva precedente del mugnaio, Franziska Giesser. Il garzone svenne per lo spavento, come ha dichiarato egli stesso. Dal prato vicino furono chiamati in aiuto tre falciatori. Quando il garzone fu in grado di reggersi sulle gambe, entrarono nel mulino attraverso un'apertura nel tramezzo di assi sul retro. Nella Stube scoprirono sangue sul pavimento e impronte insanguinate che portavano nella camera adiacente. Lì trovarono ancora più sangue, per terra e sulle pareti, abiti intrisi di sangue sparsi sul pavimento, e nel letto il mugnaio sdraiato sulla serva, entrambi nudi, massacrati di ferite ed evidentemente morti. Questo corrisponde anche alle nostre osservazioni.

I falciatori si precipitarono a piedi a Bonaduz per informare il parroco che inviò subito due messaggeri, il primo da lei a Ems, signor landamano, il secondo da lei, signor luogotenente, a Rhäzüns. A breve distanza l'uno dall'altro siete giunti qui al mulino con il capitano Vieli, che si è messo a disposizione di sua spontanea volontà, e avete trovato quello che abbiamo dovuto constatare con i nostri occhi».

Il landamano e il suo luogotenente annuirono entrambi – era andata proprio così! – il capitano gettò uno sguardo ai fogli scritti fino all'ultimo mentre il dottore si srotolava le maniche della camicia.

«Tranne il garzone, gli altri testimoni erano già scomparsi,» continuò il barone «probabilmente volevano affrettarsi a diffondere la notizia. Tuttavia dovremo interrogarli di persona, l'uomo di Sculms, la donna di Rhäzüns, i falciatori di Bonaduz. Quali conclusioni si possono trarre dallo stato dei corpi?».

«Gran parte delle ferite» disse il dottor Gubler «sono state inferte con questa scure. Invece le ferite da punta mostrano una forma triangolare ben visibile, e possiamo presumere che tutte siano dovute alla stessa arma».

«Triangolare, quindi non un coltello. Un pugnale? Una spada?» chiese il giudice.

Il dottore si strinse nelle spalle, perplesso.

Il barone alzò il tono di voce: «Poiché il sospettato Franz Rimmel è straniero, questo caso di omicidio è di competenza dell'ufficio cantonale del giudice istruttore, che darà immediata diffusione della scheda segnaletica e intraprenderà la ricerca del sospettato. Il luogotenente si occuperà della sepoltura delle vittime. La calura estiva non consente rinvii. Tutti gli oggetti di valore e le carte presenti nel mulino verranno sequestrati e conservati da noi per le indagini e l'amministrazione dell'eredità. In seguito invieremo una lettera ai rispettivi comuni di appartenenza. Fino a nuovo ordine il garzone si occuperà del mulino e avrà cura del bestiame».

Il barone pregò il capitano di procurargli un contenitore capiente, una cassa, un cesto, eventualmente un sacco per il grano. Il capitano Vieli trovò una valigia vuota. Nella Stube scoprirono un piccolo stipo a muro vicino alla stufa. L'antina era stata divelta con la forza. Il giudice indicò l'impiallacciatura scheggiata. Oltre ad alcuni scritti, all'interno trovarono il registro della servitù del mugnaio. Il capitano Vieli seguì il barone, che perlustrò le stanze una dopo l'altra e raccolse scritti e oggetti di valore, certificato di cittadinanza, lettere, conti. Infine mise tutto nella valigia.

Poi uscirono. Sotto la scala la legna era di nuovo accatastata con ordine. Gente di ogni sorta arrivata da Bonaduz aspettava sul prato. Aspettava che la ruota ricominciasse a girare e che la vita continuasse.

«Andate a casa, qui non c'è niente da vedere!» gridò il barone ai piedi della scala. «Chi venisse a sapere dove si trova il tirolese Franz Rimmel, o ne sentisse parlare per caso, dovrà fare subito rapporto al landamano o al suo luogotenente».

Le persone si allontanarono e il giudice levò lo sguardo ai margini della radura, dove il ruscello sgorgava dall'oscurità degli abeti alla luce del sole. Pensò per un istante se non fosse opportuno setacciare di nuovo il bosco con gli uomini, ma poi scartò l'idea. Erano troppo pochi, e per di più non armati. Chiese invece al landamano dove avrebbero potuto sedere tranquilli a un tavolo per discutere le mosse successive e rifocillarsi. Da qualche altra parte, lontano da quel luogo funesto.

«All'osteria vicino alla posta,» disse il landamano «a Bonaduz».

35

I tre veicoli procedevano in fila serrata. In testa la carrozza nera del giudice, poi il carro con i tre cadaveri avvolti nei lenzuoli, infine il calesse del landamano Locher. Durante il breve tragitto nessuno disse una parola. Ognuno seguiva i propri pensieri cercando, per quanto poteva, di comprendere e inquadrare gli eventi.

Prima di scomparire dietro la curva, il landamano tornò a voltarsi indietro e vide il garzone, che era ancora sul prato e li seguiva con lo sguardo. Il landamano pensò che non avrebbe fatto cambio con lui, costretto a rimanere da solo al mulino. Era contento di avere chiesto aiuto al giudice istruttore cantonale. Ora la responsabilità era sua. Davanti al landamano procedeva il carro. Il carro non aveva sospensioni e il sentiero era accidentato. I corpi avvolti nei lenzuoli sobbalzavano l'uno accanto all'altro. Gli involti oblunghi erano macchiati di sangue.

Anche il luogotenente a cassetta traballava di qua e di là. Christian Fetz non riusciva a spiegarsi cosa fosse accaduto nel mulino. Ciò che aveva visto gli causava un profondo malessere. Quella violenza smisurata gli faceva paura. Non si trattava di un omicidio a scopo di rapina, come capitava di tanto in tanto in una delle valli isolate, in una fattoria solitaria, su un'alpe o di notte per strada. Uno si prendeva un colpo in testa, e se era fortunato si risvegliava sul ciglio della strada, anche se con le tasche vuote. Ma in questo caso qualcuno aveva massacrato con ferocia inaudita tre persone, due delle quali erano donne incinte. Come se fosse stato posseduto da un diavolo, o vittima della follia. Chissà, forse l'omicida si era nascosto da qualche parte lì vicino, avrebbe potuto aggredire chiunque gli fosse capitato davanti. Era in fuga, quindi molto pericoloso. Dove si trovava in quel momento? Che intenzioni aveva? A ogni buon conto il luogotenente Fetz avrebbe sprangato la porta di casa e non avrebbe lasciato una sola finestra aperta. E nei giorni successivi avrebbe consigliato a ogni abitante di Rhäzüns di fare la stessa cosa. Per fortuna a casa aveva il cane alla catena. L'animale non lasciava avvicinare gli sconosciuti. Forse sarebbe stato opportuno organizzare una vigilanza armata notturna in paese.

Il luogotenente pungolò il Freiberger nel fianco con la frusta perché non si distanziasse dalla carrozza.

Hostetter sedeva a cassetta e teneva le redini lente. I due morelli andavano di buon trotto, il campanile di

Bonaduz era già in vista. Hostetter era felice di essere di nuovo in viaggio. Bighellonare e aspettare al mulino gli avrebbe rovinato l'esistenza. Finalmente la vita aveva ripreso il suo corso, la carrozza procedeva, gli zoccoli tambureggiavano instancabili sul terreno. Hostetter non conosceva il piano del giudice, ma non poteva essere che la cattura dell'assassino.

Rauch gli sedeva accanto con il volto impietrito e si teneva stretto con la mano. Non riusciva a cancellare la vista terrificante della donna. L'aveva conosciuta due giorni prima, e ora l'aveva incontrata di nuovo in quelle strazianti condizioni. La faccia spaccata in due, l'occhio aperto che fissava di lato. Non sapeva perché l'avessero uccisa. E cercava di capire quale fosse il proprio ruolo. Non riusciva a liberarsi dalla sensazione di avere a che fare con quello scempio. Sulla strada per Feldkirch, quando gli aveva permesso di sederle accanto, gli aveva raccontato molte cose di sé. Era stato come un dono per lui. E lui? L'aveva lasciata continuare il viaggio, tutto qui. Adesso giaceva là dietro sul carro. Da quando erano giunti a Coira il giorno prima, Rauch non capiva più cosa gli stesse capitando. Il cortile del carcere, l'azienda Hostetter, il mulino. Non aveva avuto tempo di riflettere su quello che in realtà avrebbe voluto fare. Non aveva avuto il tempo di fare visita allo zio Mohn alla fucina. Né di andare in Val Lumnezia per rivedere i genitori e i fratelli. Raccontare la sua vita di mercenario. Mostrare il denaro e dargliene un po'. Non c'era stato tempo per niente. Era appena arrivato da qualche parte, che già si era rimesso in viaggio. Adesso all'osteria di Bonaduz. Lo stomaco gli brontolava per la fame. All'azienda Hostetter avevano fatto un'abbondante colazione. Ma ormai era passato del tempo. E l'ultimo pezzetto di pane era finito.

Il barone von Mont, il dottor Gubler e il capitano Vieli sedevano in carrozza e guardavano dai finestrini. Il giudice vide i contadini di Bonaduz nei prati fuori dal villaggio. Caricavano i carri di fieno che si accumulava in traballanti montarozzi alti e larghi. Una bella immagine. Fienagione. Gli ricordava l'infanzia a Schleuis. Le stalle, il profumo del fieno, e fuori il temporale imminente della sera. Regnava un'atmosfera unica quando bisognava affrettarsi a portare il fieno al riparo, prima che scoppiasse il temporale. Era meraviglioso quando il lavoro era riuscito, e si poteva ascoltare il rumore della pioggia.

Quel ricordo aveva anche un lato buio. Alcune settimane dopo il suo decimo compleanno l'infanzia serena era finita di colpo. In un solo momento, durante un viaggio disgraziato. La pioggia ininterrotta aveva avuto un ruolo determinante. Il fiume era ingrossato. Un tratto di strada sprofondò sotto la carrozza. I flutti trascinarono con sé detriti e fango, e anche la carrozza. Il cavallo urlò. Un cavallo non urla, nitrisce. Ma il verso che soverchiò lo scroscio non era simile a un nitrito, fu un urlo acuto di terrore nella sventura. Si era ritrovato improvvisamente solo, impigliato nei rami di un albero proteso dalla riva sul fiume in piena. Era stata quella la sua salvezza, ma poi aveva vagato tutto solo in una regione a lui sconosciuta.

Ne era passato di tempo. Ventitré anni. Eppure ci pensava sempre. Non solo all'incidente con la carrozza. Quello che era successo dopo era stato ancora peggio. Ma ora splendeva il sole, non minacciava temporale (anche se quell'anno si erano scatenate violente burrasche e l'alluvione del Reno aveva provocato gravi danni). Tuttavia il barone avvertiva il forte bisogno di andare presto a Coira. A casa. Il pomeriggio volgeva alla fine. Di lì a poche ore il crepuscolo, poi la notte. Voleva riflettere sul da farsi con calma, nell'ambiente che gli era familiare. Forse nel frattempo i gendarmi Venzin e Arpagaus erano tornati dall'inseguimento delle due donne. Aveva urgente bisogno di loro per le ricerche. La presenza del sergente Caviezel era richiesta a Coira. Al barone non restava che il gendarme Majoleth con il quale seguire le tracce di Franz Rimmel in fuga. Majoleth non era il più scaltro. E a parte questo, quali tracce? Il tirolese poteva essere fuggito in molte direzioni. Come trovarlo in due?

Mancava poco a Bonaduz. Il giudice doveva prendere una decisione. Tornare a Coira era una perdita di tempo. Rimmel avrebbe avuto un vantaggio ancora maggiore.

36

Sulla piazza polverosa davanti alla posta sostavano numerosi cavalli da soma, bardotti e muli con selle da carico che portavano casse, botti e cesti. I convogli erano allineati su due file contrarie e parallele alla strada. Una colonna veniva dall'Italia, da Thusis e dal Domleschg, e sarebbe scesa a Coira fiancheggiando il Reno, per continuare verso la Germania o l'Austria. L'altra era rivolta nella direzione opposta, verso sud, avrebbe raggiunto Thusis e proseguito per l'Italia lungo il Reno superiore, attraverso il passo dello Spluga o il San Bernardino. O per Tiefencastel attraverso la Schiinschlucht e per l'Engadina attraverso Savognin, Bivio e il passo dello Julier. Tutti sostavano volentieri all'osteria vicino alla posta di Bonaduz. Hostetter voltò nella Domleschger Strasse e fu il primo a notare che la piazza era gremita. Il luogotenente e il landamano lo seguivano in fila serrata. Davanti all'osteria si era radunata una grande folla. Hostetter fermò i morelli in mezzo alla strada. Si alzò in piedi a cassetta, ma vide che era impossibile raggiungere la piazza con i tre veicoli. Il barone, il dottore e il capitano scesero e aggirarono la carrozza.

Hostetter mandò Rauch a vedere cosa stesse capitando.

Il landamano e il capitano non esitarono a farsi largo tra la folla, spingendo gli uomini da parte. Davanti all'osteria c'era un carro con una gabbia. Rauch la riconobbe subito. L'uomo baffuto lottava con l'orso. La figlia suonava un tamburello e cantava. La moglie rotondetta teneva le gonne sollevate. Le gambe grasse e nude e i piedi sporchi che pestavano la polvere attiravano l'attenzione almeno quanto l'orso. Con le sottane alzate catturava le monete, e gridava con voce acuta e sguardo eloquente: «Continuare lotta? Possibile!».

Levò la gonna più in alto del necessario per raccogliere le monete che le piovevano intorno. Bluzger, Kreuzer, Rappen, monete di tutti i paesi.

«Continuare lotta? Possibile!».

Evidentemente la famiglia aveva trovato il modo di entrare nel cantone. Non era poi così difficile. L'orso stava ritto sulle zampe posteriori e rugliava di malumore, mentre il baffone lo abbracciava. Rauch sapeva che l'animale non aveva denti né artigli. Dava colpi fiacchi e svogliati con le zampe sulle spalle dell'uomo. Più che un combattimento sembrava un balletto. Alcuni curiosi erano impressionati dall'orso. Quando mai capitava di vederne uno vivo da vicino? Altri invece avevano intuito che il pericolo era una finzione, deridevano l'uomo e gli gridavano che avrebbe dovuto lottare con la moglie, lei sì che aveva artigli più affilati.

Il barone guardò corrucciato il landamano e il luogotenente. Anche loro sapevano che simili spettacoli erano proibiti. Bonaduz faceva parte del comune giurisdizionale di Imboden, e il landamano Locher rappresentava la legge. Così cominciò a urlare: «Basta! Da noi gli spettacoli con attori e animali sono vietati!».

La figlia parve l'unica a capirlo. Smise di tamburellare e di cantare e si ritrasse dietro la gabbia. La donna si piazzò davanti al landamano e gli rivolse uno sguardo particolarmente seduttivo: «Continuare lotta? Possibile!».

«Finitela! Basta!» gridò Locher.

Alcuni carrettieri e someggiatori mugugnarono e vociarono arrabbiati. I locali, che conoscevano il landamano, si trattennero.

Sembrava che l'ungherese asburgico non avesse capito il landamano. Prese i suoi interventi per grida di incitazione e cominciò a gemere da strappare il cuore, come se fosse una questione di vita o di morte. L'orso era irritato e bramì quando il baffone tentò di rovesciarlo sulla schiena e dimostrare la superiorità dell'uomo sull'animale.

«Ponete fine allo spettacolo» disse il barone al landamano. Locher era confuso. Che fare? Il barone pretendeva che intervenisse a mani nude per separare i lottatori?

Rauch non esitò. Si diresse verso la coppia avvinghiata in un abbraccio, afferrò l'orso per la collottola e lo strappò via dall'uomo. Lo trascinò verso la gabbia e lo spinse su per un gradino improvvisato con una cassa di legno. La moglie del lottatore lanciava urla di sdegno in una lingua incomprensibile. Rauch si stupì di ciò che vide nella gabbia dietro le tende logore: un letto, una sedia, uno specchio, un cassone e indumenti stesi su una corda. Strana gabbia per un orso, pensò, quando chiuse il cancello e tirò il catenaccio.

L'osteria vicino alla posta di Bonaduz era il luogo meno adatto dove discutere del caso in tutta calma. Il capitano Vieli insistette perché si recassero al castello di Rhäzüns, di cui suo padre era amministratore.

Hostetter sedeva a cassetta e non riusciva a vedere cosa stava capitando laggiù tra la folla. Era troppo che aspettava, era curioso, ma non voleva lasciare la carrozza in mezzo alla strada. Dopo un'attesa che gli parve un'eternità, il barone tornò con i suoi accompagnatori.

«Il landamano va a Coira con il dottore» annunciò. «Noi proseguiamo per Rhäzüns. Il luogotenente passa in testa, conosce la strada».

Il barone salì, Rauch si arrampicò a cassetta. Si fecero superare dal carro e lo seguirono. Durante il viaggio Rauch raccontò dell'orso e degli attori, che già una volta avevano incontrato al confine. Ora il landamano e il medico avrebbero condotto quei cialtroni a Coira, e da

Coira alla frontiera. Se avessero rimesso piede nel cantone, avrebbero trovato ad accoglierli la frusta e il carcere.

Il carro li precedeva. I tre corpi sobbalzavano sul pianale. Le prime macchie di sangue rappreso erano scurite, sul lino ne fiorivano altre, rosse.

«Dove andiamo?» chiese Hostetter.

«A Rhäzüns,» disse Rauch «al castello».

37

Il viaggio fu breve. Il castello sorgeva ai margini di una piana, oltre la quale la parete rocciosa scendeva a precipizio nel Reno. Mentre i convogli aspettavano sul ponte levatoio davanti al portone esterno, il capitano Vieli bussò con forza, e insieme al barone sgusciò dentro attraverso lo spiraglio che si aprì poco dopo. Oltre i muri si udì un mormorio di voci. Hostetter e Rauch guardavano i tre cadaveri davanti a loro. Tre grandi bozzoli di lino bianco.

Dopo una breve attesa i battenti si spalancarono e i due convogli poterono entrare nella corte, dove il barone von Mont era impegnato in una conversazione con il castellano.

Nonostante i suoi settantasei anni Georg Anton Vieli, il padre del capitano, era un uomo vigoroso. Aveva trascorso metà della sua vita al castello di Rhäzüns in veste di amministratore. La maggior parte del tempo per la monarchia asburgica, qualche anno sotto Bonaparte per i francesi. Il Congresso di Vienna aveva assegnato il castello e le terre al Canton Grigioni. Lo stemma asburgico era stato rimosso solo due anni prima, e la chiave consegnata al governo cantonale.

Georg Anton Vieli era nato a Cumbel, figlio del landamano locale. Aveva frequentato il ginnasio a Feldkirch, aveva studiato medicina a Milano e letteratura a Vienna e a Strasburgo e aveva scritto poemi politici in romancio.

Georg Vieli era stato medico, consigliere della sanità cantonale, landamano e presidente della Lega Grigia, membro del Gran Consiglio e in seguito del Piccolo Consiglio, era ambasciatore del cantone al Senato elvetico e membro della commissione costituente cantonale. Non solo aveva un curricolo simile a quello del barone von Mont, ma era suo lontano parente poiché aveva sposato Dorothea de Mont. Per il giudice istruttore era comunque la persona giusta con la quale consigliarsi sulle ulteriori misure da intraprendere.

I tre corpi furono portati nelle cantine del castello. Il luogotenente Christian Fetz declinò gentilmente l'invito a cena del castellano. Intendeva occuparsi il più presto possibile della preparazione della sepoltura, e controllare che a casa fosse tutto in ordine. Prima che il luogotenente prendesse congedo, il giudice lo incaricò di inviare ai testimoni un invito a presentarsi per l'interrogatorio e la stesura del verbale. L'escussione dei testimoni avrebbe avuto luogo due giorni dopo, sabato 14 luglio al mattino, nel municipio di Bonaduz. I convocati erano l'uomo di Sculms, la donna di Rhäzüns e i falciatori di Bonaduz. Il giudice voleva interrogare di nuovo anche il garzone del mugnaio.

«Lui ha già detto quello che sa» osservò il luogotenente.

«Comunque lo interrogheremo una seconda volta,» insistette il giudice «e redigeremo un verbale circostanziato».

38

Il barone von Mont, il granconsigliere Vieli e suo figlio andarono a cena nella sala del castello. Furono serviti da una giovane serva che zoppicava leggermente, il che, tuttavia, ne sottolineava la bellezza. Portò in tavola arrosto di agnello con polenta e un vino della Valtellina. Il barone conversò animatamente con i due Vieli sulla perdita della Valtellina, il Congresso di Vienna, la morte di Napoleone, le istituzioni cantonali e i liberali tedeschi che insegnavano alla scuola cantonale.

Il cibo era eccellente. Il barone sapeva che poco tempo prima il comune di Rhäzüns aveva ricevuto il castello dal cantone. Ora apprese che Georg Vieli stava pensando di acquistarlo dal comune per la propria famiglia. Lì aveva trascorso metà della sua vita come amministratore, disse Vieli, ora avrebbe voluto esserne il proprietario. Il barone raccontò che, per quanto lo riguardava, il Congresso di Vienna non aveva portato fortuna alla sua famiglia. Le terre in Valtellina erano perdute. Il barone sperava di ricevere un congruo indennizzo. Ma in compenso dalla primavera era felicemente sposato con la contessa von Salis-Zizers, figlia del conte Franz Simon.

Sì, Georg Vieli lo aveva saputo, naturalmente, e gli augurò ogni bene per il suo matrimonio. E una figliolanza numerosa e in buona salute. Dopo una pausa il capitano Vieli chiese al barone quali fossero le sue intenzioni riguardo al caso di omicidio.

Purtroppo doveva rientrare a Coira in giornata, disse il barone, per affari urgenti. Poi sarebbe tornato con i gendarmi. Il giorno dopo, se ne avesse avuti alcuni disponibili.

«Non è una notevole perdita di tempo?» chiese il granconsigliere Vieli.

«In effetti sì» ammise il barone. «Ma cosa dobbiamo fare? Per adempiere adeguatamente i nostri compiti ci servirebbe un numero doppio o triplo di uomini».

«Cosa ne pensi dei due del reggimento olandese?» domandò il granconsigliere a suo figlio.

39

Hostetter e Rauch mangiavano in cucina.

«Cosa facciamo adesso?» chiese Hostetter.

Rauch intinse il pane nel piatto prima di metterselo in bocca.

«Bisogna cercare questo tirolese,» aggiunse «altrimenti taglia la corda».

Rauch masticava e annuiva in segno di assenso.

La serva attizzò il fuoco e riempì una pentola d'acqua, che sfrigolò e mandò vapore.

«Pensi che sia stato lui?» chiese Hostetter. «Un solo uomo? E perché poi?».

La porta si aprì e l'altra serva entrò in cucina, facendo attenzione al gradino. Si avvicinò al tavolo zoppicando e disse che i signori volevano parlare con loro nella sala.

Hostetter e Rauch interruppero la cena e seguirono la serva.

Il granconsigliere Vieli, suo figlio e il giudice erano immersi nella conversazione accanto a una delle finestre. Quando gli uomini entrarono, si volsero verso di loro.

«Non abbiamo tempo da perdere» esordì il barone. «Ho discusso la questione con il granconsigliere Vieli e il capitano».

Hostetter e Rauch si scambiarono un'occhiata.

«Oggi avete dimostrato di saper tenere nel giusto conto l'ordine e la disciplina» continuò il barone. «Il Grigioni ha bisogno di uomini affidabili e leali come voi».

«Sapete leggere? Scrivere e far di conto?» chiese Georg Anton Vieli.

Hostetter era confuso e guardò Rauch, la cui espressione non tradiva nulla come al solito. «Per scrivere, sappiamo scrivere» disse Hostetter, e pensò: il mio nome e poco altro. Per tre inverni si era esercitato a leggere e a scrivere alla scuola maschile. Anche Rauch aveva preso qualche lezione dal parroco della Val Lumnezia nei mesi invernali. Tuttavia in quel momento nessuno dei due si sarebbe sottoposto a una verifica più approfondita. Ma per fortuna sembrava che non la pretendesse nessuno.

«Sareste pronti a entrare al servizio della polizia come gendarmi?» chiese il barone.

Hostetter e Rauch si scambiarono un'altra occhiata.

«La paga è di cinquantaquattro Kreuzer al giorno. Inoltre il cantone vi metterebbe a disposizione l'equipaggiamento».

«Se il signor direttore crede...».

«Non ho dubbi sulle vostre capacità. Da questo momento sareste assegnati alla mia persona come giudice istruttore. A tempo debito il Piccolo Consiglio confermerà l'assunzione. Il vostro primo compito è la ricerca di Franziskus Rimmel».

«Io sono pronto» disse Hostetter e guardò Rauch.

Rauch annuì.

«Molto bene, molto bene» disse il barone e batté le mani. «Partirete subito e tornerete al mulino. Parlate ancora con il garzone e cercate di sapere dove può essere Rimmel, dove ha conoscenti, dove ha lavorato. Andate anche nei villaggi vicini e chiedete di lui. Io tornerò a Coira oggi stesso. Sabato raccoglieremo le dichiarazioni dei testimoni a Bonaduz. Il luogotenente Fez li convocherà in municipio. Quindi avete due giorni di tempo per le ricerche, e sabato sera a Bonaduz riferirete quello che sarete venuti a sapere del sospettato».

«E se lo troviamo?» chiese Hostetter.

«Questo si chiama parlare!» disse il barone soddisfatto. «Se riuscirete a catturarlo, lo scorterete immediatamente a Coira per l'interrogatorio. Gendarme Rauch! Gendarme Hostetter!».

I due fecero il saluto militare.

Nel deposito delle carrozze il barone fece aprire la lunga cassa e porse a ciascuno dei due nuovi gendarmi una sciabola con il fodero, uno schioppo a canna rigata, una pistola con la fondina, polvere e proiettili.

«Sapete usarli?».

«Signorsì!».

«In caso di minaccia fisica,» spiegò il giudice consegnando l'equipaggiamento «un gendarme è autorizzato a fare uso delle armi. Se una persona arrestata minaccia di fuggire, il gendarme può sparare con lo schioppo caricato a pallettoni».

Il granconsigliere Vieli mise a loro disposizione due cavalli da sella, un massiccio castrone Freiberger e una snella giumenta Einsiedler dal manto baio chiaro. Hostetter prese la giumenta e assegnò il Freiberger a Rauch.

«Abbiatene cura» si raccomandò il granconsigliere Vieli.

In cuor suo Hostetter aveva sperato di mettersi in viaggio con la carrozza nera e i due morelli del barone. Ma gli andava bene anche così.

«I gendarmi esercitano la moderatezza e la sobrietà» li istruì il barone, come se avesse indovinato i pensieri di Hostetter. «Non bevono e danno il buon esempio. Agiscono con intelligenza e coraggio, ma anche con umanità».

Il granconsigliere Vieli aveva fatto preparare le provviste.

Infine, prima che varcassero a cavallo il grande portone e, superato il ponte, si allontanassero dal castello, il giudice bisbigliò loro all'orecchio: «L'unico testimone che accusa il tirolese è il garzone. Non sappiamo ancora con assoluta certezza chi abbia ucciso quei tre infelici. Chiedete, chiedete ovunque, a tutti coloro che incontrate. Sapete come fanno i lupi. Trovano la pista e la seguono. La seguono fino alla fine!».

III

Mi inoltrai così su per il monte in una cupa foresta
di abeti, in una regione selvaggia, ove mi sentivo
inquieto al pensiero della gente inselvatichita
che vive nei dintorni, e della solitudine che regna quassù.

Jeremias Gotthelf, *Come cinque ragazze*
muoiono miseramente nell'acquavite, Berna 1838

40

Non era la prima volta che Hostetter e Rauch sedevano in sella, ma nessuno dei due era un cavaliere esperto. Fino ad allora Hostetter aveva preferito condurre una carrozza piuttosto che cavalcare, e guardava con aria scettica il collo magro della sua giumenta. All'inizio era sempre così quando montava a cavallo, si sentiva malfermo e instabile, il terreno pericolosamente lontano. Ma sapeva pure che dopo un po' quella sensazione di insicurezza sarebbe scomparsa. La seduta di Rauch era più bassa, le sue lunghe gambe toccavano quasi terra, spalle e collo del Freiberger erano più larghi. Rauch non pareva troppo impressionato di trovarsi di punto in bianco per strada in veste di gendarme a cavallo.

Per un quarto d'ora rimasero al passo, poi Hostetter volle cimentarsi e diede di tacco. La giumenta passò subito al trotto veloce, e lui fu scosso da violenti sobbalzi. Quando bene o male si sentì sicuro e si volse, vide che il Freiberger lo seguiva al trotto mentre lo schioppo di Rauch, lento a tracolla, gli batteva sulla schiena.

C'era ancora luce quando arrivarono al prato paludoso e allo stagno. Il mulino e la stalla sullo sfondo erano silenziosi. Nulla tradiva ciò che la notte precedente era avvenuto in quel luogo. Lasciarono la strada per Versam e attraversarono il prato, diretti al mulino. Fermarono le cavalcature davanti alla stalla.

Il viso diffidente del garzone si affacciò allo spiraglio della porta. «Cosa volete?» chiese.

«Dobbiamo parlarti!» gridò Hostetter.

Mentre smontavano e abbeveravano i cavalli alla fontana, il garzone osservò le armi con sospetto. Si meravigliò di quei due. Sapeva che erano arrivati al mulino con la carrozza del giudice, ma adesso, con i cavalli, gli schioppi, i capelli lunghi e i vestiti logori, non facevano un'impressione rassicurante.

«Ma chi siete?» chiese senza aprire di più.

«Gendarme Hostetter e gendarme Rauch» disse quello con i riccioli biondi.

«Non sembra» rispose il garzone.

Hostetter lo informò della recente assunzione e dell'incarico ricevuto dal giudice, e pretese di vedere la camera.

«Perché la mia camera?».

«Indagini» disse Hostetter.

Legarono le redini a un palo della recinzione e si diressero verso di lui. L'uomo aprì la porta con esitazione e li fece entrare. Nella stalla non c'era più molta luce. I cavalli del mugnaio scalpitavano. Sulla destra una porta dava nella camera. Il garzone l'aprì con una spinta e li precedette.

«È buio qui dentro» disse Hostetter. «Non hai un lume?».

Ci volle un po' prima che il garzone accendesse la candela di sego sul tavolo. Si guardarono intorno con attenzione, ma non c'era molto da scoprire. Tavolo, sedia, un letto, alla parete una mensola di legno con indumenti e ogni sorta di cianfrusaglie, una pipa, cinghie di cuoio, bottiglie. Un paio di stivali bucati per terra, giubbe, pellegrina e cappello erano appesi dietro la porta.

«Dunque tu credi che sia stato il tirolese?» disse Hostetter.

«Chi altri dovrebbe essere stato?» brontolò il garzone.

«E perché lo ha fatto?».

Il garzone rispose rapido e nervoso: «Che ne so, beve

troppo e prende fuoco come un fiammifero. Poi ruba perfino, e non fa altro che imprecare contro le donne».

«Quali donne?» chiese Hostetter.

«Tutte» disse il garzone.

Uscirono e guardarono il prato paludoso all'imbrunire.

«Tornerà?» chiese Hostetter.

«Non glielo consiglio» disse il garzone.

Hostetter chiese dove Rimmel aveva dei conoscenti che avrebbero potuto dare informazioni.

«Conosce gente dappertutto,» disse il garzone «in questa zona, in Prettigovia, nello Schanfigg, in Engadina, in Valtellina».

«Chi conosce nei dintorni?».

«Ovunque vada, Franzisk conosce qualcuno, probabilmente in ogni villaggio. Prima di venire da noi era a Versam» disse il garzone.

«Parla romancio?» chiese Hostetter.

«No».

«Allora forse non andrà nell'Oberland. E non scenderà neppure lungo il Reno verso Coira, il Principato o l'Austria, secondo me. Là c'è tanto traffico che non si può viaggiare senza dare nell'occhio».

Le rondini scomparvero con la luce del giorno. Ombre in volo sfarfallavano nel cielo a sera. Pipistrelli.

«Daremo un'occhiata qui intorno» disse Hostetter. «Nel frattempo puoi badare ai nostri cavalli?».

Salirono su per il pendio dietro il mulino, costeggiando il ruscello. Nel crepuscolo cercarono impronte nel fango, ma non trovarono niente. Rimasero seduti per un po' in una radura che offriva un'ampia vista.

«Tu da che parte andresti?» chiese Hostetter. Dietro di loro sorgeva la luna, non piena, ma grande e luminosa. Sarebbe stata una notte bella e chiara. Rimasero in silenzio scrutando in ogni direzione, poi rivolsero lo sguardo a sud, verso il Safiental. Una valle laterale lunga e silenziosa, qualche piccolo villaggio, poco traffico. In confronto alle altre direzioni – l'Oberland, il Domleschg o la valle del Reno nella regione di Coira – il Safiental era la via di fuga più vicina e tranquilla.

«Rimmel ha una giornata intera di vantaggio» disse Hostetter. «Dobbiamo decidere. Non possiamo perdere altro tempo».

«Safiental» disse Rauch.

Hostetter annuì. La decisione era presa. Scesero al mulino, riempirono le borracce alla fontana e slegarono i cavalli.

Il garzone spiegò loro la strada. Fino al villaggio di Safien ci volevano cinque ore di cammino. Se, come Rimmel, bisognava tenersi nascosti, anche di più.

Hostetter e Rauch bevvero alla cannella della fontana. Poco dopo si avviarono al passo lungo la strada in leggera salita. La luna indicava loro la via da seguire.

Quando la strada si fece piana, si misero al trotto. Hostetter cercava di imitare i cavalieri olandesi, che a loro volta avevano copiato dagli inglesi: ogni due passi si alzava un po' in sella, per poi tornare ad abbassarsi, su e giù, con il busto leggermente proteso in avanti, seguendo sempre lo slancio della groppa. Era molto più piacevole che ballonzolare di qua e di là.

«Guarda!» esclamò entusiasta. «Come gli inglesi!».

Rauch preferì restare seduto e farsi sballottare. Come a piedi, anche a cavallo ognuno aveva il suo ritmo.

Dopo mezz'ora giunsero a una fattoria. Una delle finestre era ancora illuminata. Hostetter scese e bussò.

La porta rimase chiusa, ma alla finestra comparve la faccia di un contadino che guardò fuori con diffidenza. Poi spuntò il volto di una donna.

Hostetter chiese notizie di un tirolese. La coppia fissò fuori dai vetri senza reagire.

«Mi avete sentito sì o no?» gridò Hostetter a voce alta.

Si aprì un riquadro della finestra. «Cosa volete? È notte» gridò il contadino.

Hostetter si fece riconoscere come gendarme e disse: «Cerchiamo un uomo basso, mingherlino, un tirolese di nome Franz Rimmel».

I due fecero cenno di no e chiusero la finestra.

Hostetter rimontò in sella e proseguirono addentrandosi nel Safiental. Quando un'ora dopo giunsero a Sculms, le case erano buie e silenziose. Hostetter bussò ugualmente. Solo in una casa c'era qualcuno ancora sveglio, ma Hostetter dovette parlare attraverso la porta chiusa. Fu di poche parole: «Gendarmi! Cerchiamo un tirolese, basso, sui cinquant'anni».

La voce dietro la porta asserì di non conoscerlo, né di averlo visto.

«È troppo tardi per continuare le ricerche» disse Hostetter mentre attraversavano il villaggio addormentato. Fecero sosta poco dopo Sculms. La luna era scomparsa dietro la montagna. Tolsero ai cavalli selle e finimenti, misero la cavezza e legarono le funi a un arbusto. Poi si sdraiarono sul ciglio del sentiero e usarono la sella come cuscino. Volevano aspettare l'alba, ma poco dopo si addormentarono.

41

Il barone von Mont e il consigliere sanitario dottor Gubler erano tornati a Coira insieme prima di notte. Il viaggio era durato due ore. Il granconsigliere Vieli aveva proposto di mettere il suo servo alla guida della carrozza, ma il barone aveva declinato l'offerta ed era salito in serpa egli stesso. Riteneva che quella sera un'azione rapida fosse più importante della messinscena. Voleva andare a casa in fretta e senza tante cerimonie, e spronò i morelli al trotto veloce.

Al Sennhof, dove arrivarono verso le nove, non si era verificato nulla di rilevante. Le celle erano silenziose.

Venzin e Arpagaus non erano ancora tornati dalla ricerca degli evasi, né si avevano notizie dei due gendarmi. Dopo il breve rapporto del sergente Caviezel il barone s'incamminò verso casa.

Era stata una giornata lunga. Alle vecchie questioni rimaste in sospeso se n'era aggiunta una nuova, alquanto complessa. Come per liberarsene, il barone percorse velocemente il breve tragitto da solo e a piedi lungo i vicoli. Pensò alla moglie, che di prima mattina lo aveva salutato con una promessa. Rivide con chiarezza la luce del suo sguardo insistente, pareva la sera adatta per assolvere i doveri coniugali. Quel pensiero gli mise le ali ai piedi.

Non fu qualcuno della servitù ad aprirgli la porta, ma la moglie. Aveva già mandato Vinzenz e le serve nelle loro camere in soffitta, dicendo che non voleva più essere disturbata. Josepha chiuse la porta e tirò il catenaccio. Poi si volse e abbracciò il marito.

«Arrivi tardi,» disse «ho già sentito cosa è accaduto a Bonaduz».

«Un quintuplice omicidio, nessuno sa di preciso cosa sia successo laggiù» disse il barone, e per un istante ebbe ancora davanti agli occhi i due cadaveri nudi che giacevano l'uno sull'altro nella piccola camera. In quel momento la moglie gli parve così vitale, meravigliosamente profumata e calda. I lembi della vestaglia frusciavano quando lo precedette su per la scala buia al piano superiore.

«Sarai stanco e affamato» disse, ma lui la tranquillizzò: «No no, siamo stati ospiti al castello di Rhäzüns. Considerate le tristi circostanze che ci hanno portati là, è stata una visita piacevole. Il granconsigliere Vieli ci ha rifocillati e ti manda i suoi saluti».

«Preparo un tè. Ho già mandato gli altri a dormire perché nessuno ci disturbi».

«Molto bene» disse il barone. Aveva colto il lieve tubare della sua voce, oscillazioni leggere che gli trasmisero un gioioso turbamento.

Mentre Josepha andava in cucina, il barone accese il lume, si tolse il cinturone, la redingote, le scarpe e gli altri indumenti. Tornò a essere un giovane sui trent'anni, felice di trovarsi finalmente a casa e di avere una bella moglie, che lo avrebbe raggiunto subito in camera da letto. Rimase nudo. Dalla brocca posata sul canterano versò l'acqua calda nel bacile di porcellana e si lavò con il guanto di spugna. Lo imbarazzò che il suo corpo manifestasse con tale immediatezza la gioia dell'attesa, e si asciugò rapidamente.

La moglie entrò in camera con un vassoio sul quale aveva disposto teiera, tazze, piatti, zuccheriera e biscotti. La cinta della vestaglia si era inavvertitamente allentata (o con intenzione?), i lembi appena discosti gli offrirono la visione delle sue rotondità. La moglie riuscì appena a deporre il vassoio sul tavolo e a voltarsi, che lui strinse il proprio corpo al suo. Josepha sentì l'urgenza dell'abbraccio, con una mano scostò i lembi della vestaglia e con l'altra si tenne stretta alla sua nuca, mentre lui la fece ruotare con un passo di valzer e cadde sul letto con lei, cadde su di lei, sul suo corpo caldo e profumato, tra le sue gambe aperte, penetrò dentro di lei e si effuse in lei con un gemito profondo, disperato, come se la lama sottile di una spada gli avesse trafitto il cuore.

Poi, mentre giacevano sul letto, bevevano tè e sgranocchiavano biscotti, il suo sguardo sfiorò Josepha nello specchio alle sue spalle. Era una notte tiepida e non servivano coperte. La donna si era sfilata la vestaglia e l'aveva lasciata scivolare distrattamente a terra. Lui vide la linea armoniosa del suo corpo nudo, sentì rinascere il desiderio e si stupì dell'energia vitale che si destava in lui alla fine di quella giornata faticosa. Nello specchio vide crescere il proprio desiderio e si eccitò anche a quella vista (o soprattutto per quello?), si avvicinò a Josepha e la baciò. La seconda volta nuotarono insieme in un lago tiepido, in cui si immersero abbracciati sempre più a fondo.

Si abbandonarono esausti sul letto. Prima di addormentarsi, il barone ripensò stranamente ai due gendarmi che, soli e inesperti com'erano, aveva sguinzagliato alla ricerca di Rimmel, e si chiese dove potevano mai essere.

42

Rauch si svegliò nel cuore della notte. Il Freiberger sbuffava impaurito e scalpitava come per scacciare qualcosa. Gli ci volle un momento per ricordare dove si trovava. Vide il profilo dei monti vicini, al di sopra le stelle del cielo notturno. Safiental, pensò. Poi accanto a sé udì una voce. «Cosa c'è?» chiese Hostetter.

Rauch si alzò e tese l'orecchio nella notte. Il fondovalle era buio e silenzioso, come se fossero stati sei piedi sotto terra. Si udivano solo sbuffare i cavalli.

«Forse un animale», disse Rauch.

«Continuiamo?» chiese Hostetter. Rauch fu d'accordo.

Montarono le selle al buio, tolsero le cavezze e misero i finimenti, salirono in groppa e proseguirono il viaggio. Non vedevano il terreno, e potevano solo sperare che i cavalli trovassero la strada nell'oscurità.

43

Venerdì mattina, il 13 luglio, Anna Bonadurer attraversò Versam con i figli, tirandosi dietro il carro a rastrelliera. Sarebbe stato un giorno di sole, con un cielo azzurro radioso. Prima avrebbero falciato l'erba, poi avrebbero rivoltato il fieno nel prato della forra, per raccoglierlo nel pomeriggio. I piccoli sedevano sul carro, i più grandi lo precedevano con forconi e falci in spalla, la figlia maggiore aiutava a tirare il carro.

Alla fontana del villaggio alcune donne parlavano animatamente. Chiesero ad Anna Bonadurer se avesse già sentito la notizia. La donna si fermò ad ascoltare.

«Al mulino, il mugnaio e due serve» disse una. «Uccisi» disse un'altra. «Scannati» aggiunse una terza. «Peggio delle bestie. Cercano Rimmel» dissero agitate e confuse, con gli occhi sbarrati per il terrore. «C'era anche lui a casa vostra, vero?».

Erano giorni che non vedeva Rimmel, sussurrò Anna Bonadurer, e proseguì con il carro e i figli. Giunta al prato, incaricò i più grandi di cominciare a voltare il fieno e badare ai piccoli. Lei doveva tornare indietro. Aveva dimenticato qualcosa.

Tornò a casa di fretta e trovò il marito in cucina. Era accanto al focolare e guardava fuori dalla finestra.

«Cos'è successo?» gli chiese.

«Non è successo niente».

«Ieri l'altra sera. C'eri anche tu al mulino» disse con voce dura. «Tu e tuo fratello. E Rimmel! Cos'è successo?».

Il marito non rispose.

44

Hostetter e Rauch si erano lasciati portare dai cavalli nel buio. Procedevano come ubriachi, alla cieca, accompagnati dai colpi degli zoccoli e dal cigolio dei finimenti. Sul far del giorno, mentre a poco a poco il mondo riacquistava consistenza, mangiarono un po' di pane e formaggio e bevvero acqua dalla borraccia continuando a cavalcare.

«Finora abbiamo guadagnato cinquantaquattro Kreuzer a testa» disse Hostetter. «È la paga di ieri».

Il Safiental era lungo e scarsamente popolato sul pendio orientale. In basso a destra sentirono mugghiare la Rabiusa. A tratti la foresta si diradava, e sul fianco opposto della valle vedevano l'acqua schiumeggiante e case di legno scure, bruciate dal sole.

«Qui non c'è nessuno a cui chiedere,» disse Hostetter «vivono tutti dall'altra parte».

Dopo un'ora il sentiero li portò finalmente oltre il fiume. Incontrarono i primi contadini e garzoni che stavano falciando nei prati. Si avvicinarono e dissero: «Gendarme Hostetter, gendarme Rauch! Cerchiamo un tirolese!».

Nel Safiental si era già sparsa la notizia di quanto era accaduto due notti prima nel mulino dello stagno. La luce del giorno non aveva dissolto la diffidenza nei confronti dei due gendarmi. Nessuno aveva visto Rimmel nei giorni precedenti. Hostetter interrogò chiunque incontrassero lungo la strada per Safien.

Poco prima del villaggio venne loro incontro un carro diretto ai prati. Dietro sedeva una mezza dozzina di contadini con le gambe ciondoloni. Uno di loro aveva sentito che quella mattina Casutt Josef di Safien aveva scacciato dal fienile uno straniero. La fattoria di Casutt era la prima all'inizio del paese, sulla destra.

Hostetter frustò la giumenta sui fianchi con le estremità delle briglie e la spronò al galoppo. Il Freiberger di Rauch li seguì di buon trotto.

La prima casa del villaggio aveva la porta aperta. Un uomo barbuto sedeva su un panchetto davanti alla stalla. Fra le gambe stringeva un'incudine battifalce sulla quale martellava la lama. Alcuni bambini corsero fuori incuriositi e si fermarono sospettosi davanti al cavaliere sconosciuto. Erano scalzi, i vestiti troppo piccoli o troppo grandi e rammendati. La cavalla era madida, aveva la pancia scura per il sudore, schiumava tra le natiche. Sbuffava e scuoteva con forza la criniera per scacciare le mosche che la tormentavano.

L'uomo barbuto diede loro una breve occhiata ma

non smise di battere. Aveva una barba imponente, una corona cespugliosa e nera che gli incorniciava tutta la metà inferiore del volto.

«Cerchiamo Casutt Josef» disse Hostetter.

«Sì, e allora?» rispose il barbuto.

«Gendarme Hostetter e gendarme Rauch» lo salutò Hostetter e scese da cavallo. «Cerchiamo un tirolese di nome Rimmel Franz, e abbiamo sentito dire che stamattina Casutt Josef ha scacciato qualcuno dal fienile».

Per tutta risposta l'uomo mise giù la falce e il martello, si alzò e andò nella stalla.

Hostetter e Rauch si guardarono meravigliati. I bambini li fissavano a bocca aperta. Prima che Hostetter potesse seguire il contadino, questi tornò con un berretto nero di seta in mano.

«Stamattina ho trovato quel furfante straniero» disse. «Russava in mezzo al fieno, neanche fosse stato a casa sua. Appena l'ho svegliato, è saltato su come se lo avesse morso una vipera. Poi se l'è data a gambe. Questo lo ha lasciato lì». Il contadino allungò il berretto a Hostetter, che lo osservò con attenzione e se lo mise in tasca.

Qualche tempo prima, forse tre settimane, aveva incontrato Franz Rimmel. Sempre che fosse davvero lui. Al Glaspass, non proprio in cima al passo, un po' più giù, nel bosco. Lui, Casutt Josef, stava scortecciando un tronco, quando all'improvviso era comparso quel tipo piccolo e magro, si era fermato a una certa distanza e gli aveva gridato cose strane. Che sparisse dalla sua vista o gli avrebbe fatto il pelo e contropelo e strappato il cuore dal petto. Il tipo era basso e mingherlino, ma faceva venire i brividi. Parlava con gli occhi stravolti al cielo in un modo che si vedeva solo il bianco.

«La mia barba» disse Casutt ridendo e tossendo «non me la tocca nessuno, nemmeno il diavolo in persona, poco ma sicuro. Ma quelle minacce mi suonavano strampalate perché lui sembrava un po' fuori di testa, così sono andato a chiamare gli altri che stavano preparando i tronchi, più giù nel bosco. Quando siamo tornati, lo strabico era scomparso. Gli altri hanno detto che probabilmente era Rimmel Franz. Un tipo strambo, ma innocuo».

«Innocuo non credo proprio» disse Hostetter. Casutt Josef non aveva sentito dei fatti di Bonaduz?

«Sì,» disse il barbuto «chissà se è vero quello che dice la gente».

«Sono state uccise tre persone» rispose Hostetter. «Scopriremo chi è stato».

«Però non sembrate gendarmi,» disse il barbuto in modo sprezzante «dove avete lasciato l'uniforme?».

«Non c'è stato il tempo,» disse Hostetter brusco «è una questione della massima urgenza, e il sospettato è in fuga».

«Forse l'uomo che ho scacciato dal fienile stamattina non era lo stesso del Glaspass, ma non l'ho visto bene, se l'è data a gambe senza dire niente. Gli sono corso dietro, fuori dalla stalla, ma lui non si è più voltato. Ha lasciato solo il berretto».

«Da che parte è fuggito?» chiese Hostetter.

«Nella valle» disse l'uomo e indicò verso sud con il braccio teso.

«E quando è successo?».

«Due, tre ore fa».

Mentre gli uomini parlavano, i cavalli si erano avvicinati passo passo al tronco cavo davanti alla stalla, che serviva da abbeveratoio. Ora immersero il muso e bevvero. Rauch smontò e tenne le borracce sotto la cannella.

Hostetter si fece spiegare da Casutt Josef la strada che si addentrava nel Safiental. A piedi ci volevano due ore fino a Thalkirch, l'ultimo villaggio. Di piccolo trotto una mezz'ora, al galoppo venti minuti, disse l'uomo rivolgendo uno sguardo divertito al cavallo madido e massiccio di Rauch. I Freiberger non erano cavalli da corsa inglesi, ma erano resistenti e affidabili.

«E dopo Thalkirch?» chiese Hostetter.

«C'è un'altra stazione di sosta, poi il mondo finisce».

45

Quel venerdì il tempo era splendido, la valle di un verde brillante, i prati fecondi e luminosi nel sole. I cavalli procedevano al trotto. Hostetter si era già abituato alla monta inglese, Rauch continuava a farsi sballottare. Ma tutti e due avevano l'interno delle cosce in fiamme, e gli staffili sfregavano dolorosamente i polpacci. Alla lunga cavalcare non era sempre agevole. Tuttavia guardavano avanti con attenzione.

«Se siamo sfortunati,» disse Hostetter «si nasconde più in alto fra gli ontani, dove non possiamo vederlo».

Rauch percorse con lo sguardo le pendici della valle. Ovunque vide contadini che falciavano. Quindi nessuno poteva fuggire da quella parte senza essere notato. Per non perdere tempo, interrogavano solo i contadini a portata di voce dalla carraia.

Fino a Thalkirch non ebbero fortuna. Nemmeno al villaggio si era visto un uomo da solo. Poi si fermarono alla stazione di sosta dopo il paese.

«Sì, oggi è passato un uomo che mi ha colpito,» disse il locandiere «perché guardava apposta dall'altra parte. È strano che qualcuno passi di qua senza fermarsi. Se poi volta la faccia per non essere riconosciuto, è davvero curioso».

«Quando è stato?» gli chiese Hostetter.

«Poco fa. Forse un'ora? Al massimo un'ora fa».

«E dove si arriva per di là?».

«La mulattiera continua per il Safierberg,» spiegò l'oste «e dopo il valico scende a Spluga».

Lo tallonavano più da vicino di quanto avessero immaginato, e proseguirono veloci per il valico del Safierberg. Quando la salita si fece più aspra, continuarono al passo. Speravano di vedersi davanti il fuggitivo prima del buio. E prima che potesse riparare in Italia attraverso il passo dello Spluga. Da Thalkirch a Spluga avrebbero impiegato tre ore.

Incontrarono un someggiatore con un mulo. Era partito da Spluga con due botti di vino rosso per gli osti del Safiental. Poco prima aveva incrociato un uomo, disse, che si era girato dall'altra parte per non farsi vedere in faccia, un tipo strano.

Nel pomeriggio Hostetter e Rauch erano al valico del Safierberg, a quasi duemilacinquecento metri. Davanti a loro il paesaggio declinava verso la valle del Reno Posteriore. Un sentiero in discesa tagliava attraverso pascoli d'altura e pietraie. I cavalli erano fradici di sudore, tenevano la testa bassa, le zampe tremavano per lo sfinimento. Hostetter e Rauch scesero.

«Lo vedi?» disse Hostetter, e indicò verso sud con il braccio teso.

Rauch guardò in quella direzione.

«Cosa intendi?» chiese.

«Appena sopra il bosco! Quel puntolino che si muove».

«Un animale?» disse Rauch. Un manzo o un camoscio.

«Giù nella valle, in mezzo al sentiero?» rispose Hostetter. «Non credo. Con il bel tempo gli animali vanno in alto».

Prese la giumenta per le redini e continuò al suo fianco, camminava e scivolava tagliando il pendio a una velocità pericolosa, quasi di corsa. Rauch lo seguì con il Freiberger. Anche se non sapevano cosa ci fosse davanti a loro in fondo alla valle, un animale o una persona, o persino Franz Rimmel, rischiavano la testa – e le zampe dei cavalli. In discesa erano difficili da controllare. Se avessero preso il galoppo, non avrebbero potuto fermarli. Ma un po' più in basso, dove il terreno digradava in piano e il sentiero si allargava, sarebbero stati in vantaggio. Se fossero riusciti ad arrivare laggiù sani e salvi, avrebbero potuto montare in sella e raggiungere l'uomo. Era la loro occasione e intendevano coglierla al volo.

46

«Dov'è andato tuo fratello?».

La cucina dei Bonadurer era bassa. Anna toccava quasi il soffitto con la testa. Martin doveva tenere il capo incassato tra le spalle. Da due giorni stava tutto il tempo alla finestra e guardava fuori. Si vedevano la stalla, il trogolo di legno e il letamaio, sul quale razzolavano e becchettavano le galline.

Come si può fissare il letamaio per giorni interi.

«Perché non mi rispondi?» chiese.

«Non so dov'è».

«Hanno ucciso il mugnaio,» disse sottovoce «e le due serve. Quella sera eri via. Anche al mulino, per caso?».

Nessuna risposta.

«Se no, dove sei stato?».

Nessuna risposta.

«Ne sai qualcosa? C'entra tuo fratello?».

Avrebbe dovuto colpirla sulla bocca perché la smettesse con tutte quelle domande. Perché non gli dava tregua. Si sentiva male, e lei peggiorava le cose.

«Perché non vuoi dirmelo, Hansartin? Non sei stato tu, ti crederei. Non sei cattivo. Ma tuo fratello e Rimmel, loro non hanno una buona influenza su di te. I gendarmi cercano Rimmel. Dicono che è stato lui, che ha ammazzato quei tre al mulino, con la scure. Tu sai qualcosa, Hansmartin, non puoi tenermelo nascosto. Da mercoledì sei un altro. Cos'è successo? Non vuoi dirmelo?».

«Sono malato» disse così piano che lei quasi non lo sentì.

E ne aveva anche l'aspetto. Ma un malato sta alla finestra a guardare il letamaio? No, un malato sta a letto.
«Cosa aspetti?» chiese Anna.

«Niente».

«E quando pensi di tornare al lavoro? Sola con i bambini non ce la faccio».

«Quando sarò guarito,» disse «domani».

«Lo hai detto anche ieri».

Appena i figli entrarono in casa, Hansmartin andò in camera, si sdraiò sul letto e si coprì il volto con un panno.

47

Il pomeriggio volgeva al termine, Hostetter e Rauch spronarono i cavalli al galoppo giù per il sentiero tagliando attraverso i pascoli, poi entrarono nel bosco.

Galoppavano a rotta di collo, ma se Rimmel si fosse lasciata Spluga alle spalle, l'inseguimento sarebbe diventato un gioco d'azzardo. E avrebbero cominciato a fare congetture. Era diretto a Mesocco per il San Bernardino? O a Chiavenna per il passo dello Spluga? O forse scendeva lungo il Reno Posteriore passando per la Rofflaschlucht e la Via Mala? L'uomo che Hostetter aveva visto da lontano andava fermato a tutti i costi prima di Spluga.

Uscirono dal bosco e continuarono per il sentiero che serpeggiava a valle. In basso si vedeva già Spluga, i tetti, il ponte sul Reno Posteriore, il suo sinuoso nastro d'argento. E sul sentiero laggiù in fondo scorsero una figura in cammino. Ancora pochi tornanti e l'avrebbero raggiunta.

D'un tratto Rauch balzò a terra senza preavviso e corse in linea retta giù per il prato. Hostetter avrebbe voluto chiamarlo e dargli una delle armi, ma era troppo tardi. Rauch era già scomparso oltre la scarpata.

Hostetter prese le redini e mise il cavallo al trotto. Cercava di guardarsi intorno, ma doveva anche fare attenzione al sentiero stretto, fiancheggiato da blocchi di pietra. Provò a immaginare cosa avrebbe fatto Rauch se fosse riuscito a fermare il fuggitivo. E comunque poteva essere Rimmel? Aveva altre armi oltre alla scure?

Rauch scendeva a valle di corsa in linea retta con salti brevi e veloci, si lasciava scivolare giù per le scarpate più ripide sul fondo dei pantaloni. Sperava di arrivare in basso prima che l'uomo si accorgesse di lui. Alle prime case del villaggio lo vide improvvisamente vicino a una stalla, come se volesse nascondersi agli sguardi degli abitanti. Piccolo e magro, brache corte e una vecchia giubba grigia. Portava uno zaino che doveva contenere poche cose. Sentendo i passi di Rauch, che nell'ultimo tratto del campo aveva rallentato e ora gli si avvicinava ansimante, l'uomo si volse sgomento. Rauch vide un volto pallido e scarno, gli occhi azzurri di sorprendente chiarezza, le palpebre tremolanti, lo sguardo stravolto.

Dev'essere lui, pensò Rauch, gli si fermò davanti, gigantesco, quasi il doppio dell'altro, e gli chiese senza fiato: «Sei Franz Rimmel?».

«Cosa?» balbettò l'uomo.

«Cerchiamo te» disse Rauch. «Sai cos'è successo nel mulino dello stagno vicino a Bonaduz, vero?».

Le palpebre ebbero un tremito, degli occhi si vide solo il bianco quando chiese: «Mulino dello stagno?».

Rauch gli stava davanti, alto, il respiro affannato, e lo fissò in silenzio per un po'. All'improvviso gli assestò un manrovescio in faccia con tale forza che Rimmel fu scaraventato contro il muro della stalla.

«Non lo so,» si lamentò Rimmel «non me lo ricordo più».

«Non sai più chi sei?». Rauch lo colpì ancora e colse il braccio, che l'altro aveva alzato per difendersi.

«Sono Rimmel!» gridò e voltò la testa dall'altra parte. «Non so più cos'è successo di notte».

Rauch lo afferrò per il braccio, lo strattonò e gli diede un altro schiaffo. Questa volta lo colpì sul naso, che cominciò a sanguinare.

«Il mugnaio e le serve li hai ammazzati tu!» urlò Rauch e gli fece sbattere la faccia contro il muro. «Dillo che sei stato tu! Confessa!».

«Ero ubriaco…».

«Dillo!» ripeté Rauch, e gli sbatté la testa contro il muro.

«Sì...».

Rauch lo afferrò per il braccio e lo trascinò sul sentiero che passava accanto alla stalla. Spinse il tirolese a terra e lo obbligò ad aspettare. Dalla chiesa giunsero i rintocchi di una campana.

Rimmel non aveva chiesto a Rauch chi fosse. Sembrava non interessargli affatto. Teneva lo sguardo basso e taceva. Rauch gli lasciò il braccio e non disse più niente neppure lui.

Dopo un po' Rimmel chiese: «Cosa stiamo aspettando?».

«La tua morte» disse Rauch.

Quando Hostetter si avvicinò al trotto con i due cavalli, Rauch afferrò il tirolese per il braccio e lo tirò su.

«Siete il ricercato?» chiese Hostetter.

Poiché Rimmel non diceva niente, Rauch gli diede una pedata nel fianco.

Rimmel gemette: «Sì!».

«Allora? Siete stato voi?».

Ci volle un altro calcio per avere risposta.

Gli legarono le mani e annodarono la corda alla sella di Rauch. Ora Rimmel poteva scegliere se camminare veloce o farsi trascinare.

Così percorsero a cavallo l'ultimo tratto e fecero il loro ingresso nel paese di Spluga. La gente guardava dalle finestre, usciva, sbucava da dietro le case e le stalle, stupita, curiosa, e confluiva in piazza. Alcuni avevano sentito parlare di quanto era successo due giorni prima nella lontana Bonaduz. Ma nessuno collegò gli uomini e il prigioniero a quegli eventi.

Hostetter chiese del landamano e subito si mandò qualcuno a cercarlo. In piazza la folla aumentava, tutti guardavano sbalorditi l'ometto cinquantenne con le brache corte e una logora giubba grigia, legato a una sella, e i due cavalieri armati, che con i loro cavalli avevano un aspetto alquanto avventuroso.

Poco dopo giunse il landamano del comune giurisdizionale del Rheinwald, Peter Weisstanner, accompagnato dal gendarme di Spluga Anton Foppa. Ascoltarono con aria scettica quando Hostetter spiegò chi era l'uomo legato.

«È vero?» chiese il landamano al tirolese. «Sei colui che dicono?».

«Sì, sono io».

«E sei stato tu?».

«Non lo so... Sì. Ero ubriaco e non ricordo bene» disse Rimmel fissando Rauch.

Due uomini in abiti civili così malconci affermavano di essere gendarmi? E un mingherlino come quello sarebbe stato l'assassino di tre persone? Il landamano non sembrava convinto. Hostetter trasse dalla giacca la lettera del giudice e gliela porse. La lettera confermava che Hostetter Linus di Coira era stato nominato gendarme cantonale il 12 luglio, quindi il giorno prima. Si diceva inoltre che le autorità erano tenute a garantirgli sostegno e aiuto nello svolgimento delle sue funzioni. Le spese sostenute potevano essere addebitate all'onorevole corte criminale cantonale. Rauch tirò fuori il foglio che garantiva per lui. I due attestati sembravano in ordine, ma il landamano non era convinto. Lo sguardo di Peter Weisstanner passò dalle carte che teneva in mano ai due uomini. Il loro aspetto non destava fiducia. Colletti e polsini erano sfilacciati. Quello alto aveva i pantaloni strappati sui ginocchi. E l'altro dai riccioli biondi avrebbe dovuto farsi tagliare capelli e favoriti già da un pezzo.

Bisognava fare in fretta, spiegò Hostetter, l'assassinio di Bonaduz imponeva misure straordinarie.

«Chi a parte voi può testimoniare che siete effettivamente i gendarmi di cui si fa menzione?». A quel punto Hostetter e Rauch esibirono anche i fogli di congedo del reggimento grigione in Olanda.

Avevano aiutato il giudice istruttore in una situazione di emergenza, disse Hostetter, erano andati con lui da Coira a Bonaduz, perché non c'erano gendarmi disponibili. E avevano prestato giuramento nel castello di Rhäzüns, in casa del consigliere Georg Vieli e di suo figlio, il capitano Peter Vieli. Per cercare il sospettato. Con l'incarico di arrestarlo e trasferirlo a Coira il più rapidamente possibile. Dove sarebbe comparso davanti alla corte. Perché Rimmel era tirolese, uno straniero. Per gli stranieri era competente la corte criminale cantonale.

Nel loro comune giurisdizionale erano in grado di mantenere l'ordine da soli, borbottò il landamano Weisstanner. Poi restituì i documenti.

«D'accordo,» disse Hostetter «comunque... Ordine del giudice istruttore. Se il landamano pensa di disporre in altro modo. Se è questo che pensa, allora...».

«Invierò un messaggero» disse il landamano.

«Un messaggero non è affatto necessario» si oppose Hostetter. «Invece della lettera consegneremo direttamente quest'uomo».

«Pretendete di essere voi a dirmi quello che devo fare?» chiese il landamano con irritazione.

«No,» stava per obiettare Hostetter «ma...».

«Niente ma. Un messaggero informerà il giudice dell'arresto. Poi vedremo».

«Il messaggero dovrebbe andare al municipio di Bonaduz,» disse Hostetter «è là che domani saranno interrogati i testimoni».

Rimmel venne rinchiuso nella cantina del gendarme di Spluga. Gli lasciarono le mani legate. Hostetter e Rauch furono acquartierati in una soffitta. A cena (pane e latte) Hostetter raccontò del loro servizio in Olanda, Foppa della sua vita di gendarme nel Rheinwald.

Venerdì 13 luglio volgeva tranquillamente alla fine.

48

Sabato mattina si alzarono presto. Il buio cedeva a un grigio fresco e pallido, in cielo brillavano ancora alcune stelle. Per prima cosa Hostetter e Rauch scesero in cantina. Attraverso lo spioncino videro che Rimmel era sveglio. Il tirolese era seduto per terra e li guardò inespressivo. La porta era chiusa con un semplice catenaccio di ferro. Dall'esterno si poteva farlo scorrere facilmente e aprire la porta.

Poi Hostetter e Rauch andarono nella stalla. Condussero i cavalli alla fontana davanti alla casa, li fecero bere a sazietà, li riportarono dentro e gli gettarono una bracciata di fieno.

A colazione (pane e latte, un pezzo di formaggio) discussero il da farsi. Il landamano voleva aspettare di ricevere notizie dal giudice, ribadì Foppa. Hostetter si arrabbiò. Perché rimanere in attesa di notizie? L'ordine era chiaro e inequivocabile: bisognava trasferire il sospettato a Coira il più rapidamente possibile. Il gendarme Foppa comprendeva la sua impazienza. Presto o tardi il prigioniero doveva essere condotto a Coira, dunque perché aspettare? La strada era lunga. La Roflaschlucht, il Schamser Tal, la Via Mala, il Domleschg, il Rheintal di Coira. Con qualche pausa ci volevano dodici ore.

«Chiederò al landamano,» disse Foppa «andrò da lui e gli chiederò se può venire qui o cosa intende fare. Prima che esca di casa. Altrimenti verrà mezzogiorno prima che arrivi. Sempre che voglia venire. Ora vado da lui e glielo chiedo, lo faccio subito» disse Foppa. Si alzò, prese la redingote dell'uniforme che era appesa a un gancio alla porta di cucina, se la mise e uscì. Hostetter e Rauch tornarono nella stalla, strigliarono i cavalli, li sellarono e li legarono fuori.

«E allora aspettiamo» disse Hostetter.

«Tutto il giorno, probabilmente» disse Rauch.

«Forse il landamano non viene proprio. Possiamo aspettare tutto il giorno,» disse Hostetter «o andarcene».

Si guardarono. Rauch annuì. Hostetter non voleva sapere altro. Scese in cantina e prese Rimmel. Gli fecero bere un sorso alla fontana. Poi montarono in sella e lasciarono Spluga. Hostetter davanti, Rauch dietro, Rimmel li seguiva a piedi, legato alla corda.

49

Nello stesso momento aveva inizio nel municipio di Bonaduz l'interrogatorio dei testimoni. Erano presenti il giudice istruttore barone Johann Heinrich von Mont, il landamano Jakob Luzi Locher di Ems e il luogotenente Christian Fetz. Segretario era ancora una volta il capitano Peter Vieli. Erano stati convocati il garzone del mugnaio, l'uomo di Sculms, che la mattina dopo l'omicidio era arrivato per primo al mulino, la donna di Rhäzüns, sopraggiunta di lì a poco, e i tre falciatori di Bonaduz.

Alle sette in punto il garzone Peter Bardolin fu invitato a entrare per primo nella sala consiliare. Venne severamente ammonito a dire la verità e a ripetere i suoi dati per il verbale.

«Mi chiamo Peter Bardolin, ho trent'anni, uno più uno meno, nato a Sondrio» disse e aspettò che il segretario finisse di scrivere e confermasse: Sondrio. «Sono cattolico, celibe e lavoro al mulino dello stagno come garzone dal 3 gennaio di quest'anno».

Il giudice gli chiese se non avesse mai avuto a che fare con la giustizia, o se avesse subito una condanna. Il garzone disse di no, e il barone dettò al segretario: «Non ha precedenti penali».

«Giovedì mattina, ossia ieri l'altro,» continuò il garzone «erano più o meno le cinque, ho fatto uscire dalla stalla i due cavalli del padrone come al solito, e li ho condotti sul prato. Poi ho visto un uomo che bussava alla porta del forno con un bastone. Da lontano gli ho chiesto se non era venuto nessuno ad aprirgli, e lui mi ha risposto di no. Allora sono andato al mulino anch'io, sono salito su per la scala e ho bussato con la scarpa alla porta di casa. Non mi ha aperto nessuno. Così sono tornato giù e mi sono avvicinato all'uomo, quando è arrivata una donna di Rhäzüns, che voleva comprare il pane pure lei. Poi ha detto all'improvviso: «Oddio, cos'è quel sangue sulla scala?». Mi sono voltato e ho visto il sangue anch'io, e sotto la scala, tra la legna e il ciarpame, spuntava fuori un piede umano. Mi è venuto da vomitare. Poi ho visto i tre uomini che falciavano il prato dell'usciere cantonale Candrian e li ho chiamati subito. Sono venuti immediatamente e abbiamo scoperto il corpo sotto la scala. Poi gli uomini hanno sfondato alcune assi sul retro del mulino e sono entrati. In camera hanno trovato i cadaveri martoriati del mugnaio e della serva giovane. Io mi ero steso sul prato perché mi sentivo male. I tre falciatori mi hanno incaricato di andare subito a Bonaduz dal padrone Candrian a denunciare l'accaduto, il che ho fatto all'istante».

«Che altro sapete dei presunti assassini?» chiese il giudice, e il servo rispose: «Penso che sia stato Franzisk, perché abbiamo trovato i suoi abiti insanguinati. Lo avevo visto la sera nella Stube del mugnaio, insieme a lui e alle due serve. Poi ero andato subito a dormire e per tutta la notte non ho sentito né visto più niente, finché la mattina, come ho già detto, ho fatto uscire i cavalli e ho visto l'uomo che aspettava davanti al forno».

«Che uomo?».

«Veniva da Sculms».

«Da quando era lì?».

«Be', non lo so. Io sono uscito dalla stalla, e lui era davanti alla porta».

«In che condizioni era?» chiese il giudice. «Dava nell'occhio? Forse stava per allontanarsi?».

«A questo proposito non posso dire niente» rispose il garzone.

«Rimmel veniva di frequente al mulino?» chiese il giudice. Il garzone rispose: «Sì, c'era spesso. Lavorava anche a Bonaduz e a Versam, poi di solito veniva da noi. Il lunedì prima aveva portato con sé il cane del mugnaio. Mercoledì il mugnaio gli aveva fatto dire dal fabbro di Carrera che avrebbe dovuto riportargli il cane».

«Il mugnaio aveva denaro contante, e dove era solito tenerlo?».

«Doveva averne perché era commerciante. Per il resto non posso dire niente di più preciso, ma credo che lo tenesse sempre nello stipo vicino alla stufa, e aveva tolto la chiave».

«E voi? Eravate soddisfatto della paga che vi dava il mugnaio?» chiese il giudice.

«Io?» disse stupito il garzone, poi annuì: «Sì».

«C'erano stati litigi fra voi e il mugnaio?».

Il garzone prese tempo prima di rispondere: «No, mai. Il mugnaio era contento di me».

Il garzone non aveva altro da dichiarare e poté lasciare la sala consiliare. L'interrogatorio e la trascrizione delle sue dichiarazioni erano durati quasi due ore.

Il giudice ordinò che si facesse una pausa. I membri della commissione inquirente andarono nella sala accanto dove erano stati preparati per loro tè, caffè e biscotti.

50

Il gendarme gli aveva spiegato il percorso. Hostetter e Rauch uscirono dal villaggio a cavallo tirandosi dietro Rimmel e seguirono la nuova strada. Da Spluga all'inizio della Rofflaschlucht impiegarono due ore. Incontrarono diversi someggiatori, e di tanto in tanto un carro carico. Con il prigioniero che li seguiva legato alla corda destavano un certo scalpore. Ma non dicevano chi era. Il sentiero serpeggiava in stretti tornanti nella forra, in basso mugghiava il Reno. La gola era ombrosa e fresca, sebbene il tempo promettesse una giornata di sole. Quando Rimmel prese a inciampare e cadde per la stanchezza, Rauch lo fece sedere e gli diede un tocco di pane. Continuò a piedi anche lui conducendo il cavallo per le redini. Pure Hostetter smontò dalla giumenta e si tirò il fondo dei pantaloni. Era contento di sgranchirsi le gambe, tanto per cambiare un po'. Stare in sella per troppo tempo era scomodo. Ci misero un'ora per attraversare la Rofflaschlucht. Ogni tanto dovevano retrocedere e cercare un punto più largo per lasciare il passo a someggiatori o carri che procedevano nella direzione opposta. Dall'ultimo ponte all'uscita dalla gola fino al borgo di Andeer ci volle un'altra ora. Lì decisero di fare una sosta.

51

Nel municipio di Bonaduz la pausa era appena finita e la commissione inquirente era tornata nella sala consiliare. Il capitano Vieli svitò il coperchio del calamaio e prese un nuovo foglio. Entrò il testimone successivo, un giovane che riferì quanto era successo giovedì mattina presto nel mulino.

«Mi chiamo Christian Coray,» cominciò «ho ventidue anni, nato da famiglia borghese di Schleuis, celibe, da un anno e tre mesi al servizio dell'usciere cantonale Candrian, cattolico, privo di beni, senza precedenti penali. L'altro ieri, ossia giovedì, verso le tre del mattino, sono arrivato da Bonaduz con Bartholomäus Liver e Luzi Anton Maron per falciare un prato vicino al mulino. Per strada non abbiamo visto niente e non abbiamo incontrato nessuno. Quando siamo arrivati faceva quasi giorno.

Dopo un po' abbiamo notato un uomo che si aggirava intorno al mulino…».

«Un uomo?» lo interruppe il giudice. «Che uomo?».

«Da lontano non si vedeva bene. Poi è arrivata una donna da Rhäzüns, e anche il garzone del mugnaio. Li abbiamo visti salire la scala fino alla porta d'ingresso. Subito dopo il garzone è corso verso di noi, aveva le braccia alzate e gridava: la serva uccisa! Noi tre ci siamo precipitati al mulino. Sui gradini e sotto la scala c'era molto sangue. Maron ha tolto due ciocchi ed è comparsa la faccia, abbiamo pensato che fossela serva più giovane del mugnaio, ma poi hanno detto che era l'altra, allora abbiamo sospettato subito il mugnaio. Sapevamo che il giorno precedente era passata la prima serva, quella che, a detta del garzone, aveva avuto dei figli dal mugnaio. Volevamo entrare in casa per vedere se dentro c'era qualcuno. Ma la porta era chiusa, abbiamo bussato e chiamato, ma non abbiamo avuto risposta. Siamo andati dietro il mulino e abbiamo sfondato un'asse e siamo entrati. Dal mulino nell'ingresso e poi nella Stube, dove abbiamo visto il sangue sul pavimento, e poi nella camera, anche qui c'era sangue per terra e ne colava dal letto. Braccia e piedi e un pezzo di pelle e la parte posteriore di una testa, il resto del corpo era coperto con un lenzuolo. Abbiamo pensato che fosse il cadavere dell'altra serva. Maron ha scostato la coperta, allora abbiamo visto il corpo del mugnaio steso sul letto, e sotto di lui spuntava un altro braccio, al che ci siamo subito allontanati e abbiamo chiuso tutto, anche l'apertura sul retro, siamo usciti dalla porta, abbiamo mandato il garzone ad avvisare l'usciere cantonale. Abbiamo aspettato davanti alla casa per non far entrare più nessuno fino all'arrivo delle autorità. È venuta gente, ma nessuno è entrato in casa. L'uomo di Sculms se n'è andato, la donna di Rhäzüns è tornata a Rhäzüns. Non ho altro da dichiarare».

Gli fu data lettura della deposizione. Ascoltò attentamente, annuì più volte, quindi confermò firmando di suo pugno: Christian Beatfidel Coray.

Al giovane fu imposto il silenzio sugli eventi descritti, e dopo che fu uscito dalla sala consiliare era già ora di pranzo. La commissione si recò all'osteria Zur Post, dove era riservato un grande tavolo.

52

Il sole era rovente. Mentre Rauch teneva d'occhio i cavalli e il prigioniero, Hostetter andò all'osteria vicino alla stazione di posta di Andeer e disse all'oste di portare fuori qualcosa da mangiare. Rimmel sedeva all'ombra, appoggiato a un albero. Alcuni curiosi si erano raccolti intorno a loro e guardavano a bocca aperta. Rauch fece in modo che rimanessero a una certa distanza. Quando l'oste portò il cibo, Hostetter passò a Rimmel una scodella di minestra. Rimmel cercò di portare alla bocca il cucchiaio con le mani legate, ma non ci riuscì. Rauch sciolse la corda e legò la mano sinistra così stretta alla caviglia che Rimmel poteva mangiare la minestra, ma non alzarsi in piedi.

«Mangia» gli gridò Hostetter. «Devi scarpinare fino al patibolo, e il patibolo è a Coira. La strada è ancora lunga. Fra poco c'è un'altra gola più profonda. Sarebbe più semplice tagliargli subito la testa» aggiunse rivolto a Rauch.

Hostetter pagò il pranzo e si fece rilasciare una ricevuta dall'oste, poi si prepararono a partire. Rauch legò le mani a Rimmel e montò in sella anche lui, tirandoselo dietro per la corda. Passarono da Pignia Bad, poi da Zillis. I contadini del Schamser Tal sfruttavano il periodo di bel tempo ed erano nei prati dalla mattina alla sera. C'era profumo di fieno secco. Gli zoccoli sollevavano polvere, ma a Hostetter non dava fastidio. Era contento di sé e del mondo. Teneva le briglie allentate con la sinistra, la destra ciondolava vicino alla sella. Un'ora dopo Andeer arrivarono al primo ponte della Via Mala.

Hostetter e Rauch avevano sentito parlare della Via Mala, come chiunque nel Grigioni. Ma non l'avevano mai percorsa. Il Reno si era scavato un varco così profondo tra i fianchi serrati delle montagne, che non c'era spazio per una vera strada. Per secoli era stato possibile attraversare la gola solamente a piedi o con una bestia da soma. Alcuni cavalli e someggiatori erano scivolati o inciampati, precipitando dove solo le cornacchie e le taccole si erano occupate dei loro resti. Era un percorso rischioso, da un lato il baratro, dall'altro la minaccia della caduta di massi. Ma da tre anni si stava costruendo la nuova strada. Il gendarme Foppa ne aveva parlato la sera prima. Nel 1816, quando tutti pativano la fame, passavano mesi prima che i cereali arrivassero dai porti italiani. Le circostanze avevano indotto il governo cantonale a prendere in seria considerazione l'ampliamento delle strade alpine. Il Regno di Sardegna era interessato a migliorare il percorso tra Genova e la Germania e a rendere transitabile il San Bernardino. Gli austriaci consideravano il passo dello Spluga la via di collegamento tra Venezia e il versante nord delle Alpi. Dopo anni di controversie i due progetti erano stati approvati e finalmente si era dato inizio ai lavori. Anche la strada tra Spluga e Coira veniva rinnovata.

La vista dava le vertigini. Nella profondità dell'orrido le masse d'acqua prorompevano dalla strozzatura rocciosa, schiumavano a ogni ostacolo, gli spruzzi si levavano in alto e una nebbia fine e fredda saturava la gola. Il percorso era stato tracciato con gli esplosivi, consolidato in alcuni punti con tronchi inseriti nella roccia e coperti con lastre di pietra e ghiaia. A tratti correva un parapetto di legno a protezione dalle cadute. Ma il passaggio era angusto. Rauch preferiva condurre il cavallo per le redini. Hostetter sembrava affascinato dal baratro. Non accennava a smontare di sella. Più volte dovettero cedere il passo a un carro o a una colonna di someggiatori con le bestie cariche.

Rimmel non aveva occhi per le forze della natura. Teneva lo sguardo puntato a terra e pareva ignorare la profondità dell'abisso che si spalancava al suo fianco. Rauch guardava sbalordito, a bocca aperta. Quello spettacolo superava ogni idea che si era fatto della Via Mala.

«Un po' diverso dall'Olanda!» gridò Hostetter per sovrastare il frastuono che saliva tra le pareti di roccia. Ma nello scroscio Rauch aveva colto un rumore noto: clac! Disse a Hostetter di fermarsi e di scendere da cavallo: «Perdi un ferro!».

Il ferro dello zoccolo posteriore sinistro si era allentato. Un chiodo era venuto via, e due erano lenti. Prima o poi lo avrebbe perso.

«Dobbiamo andare dal maniscalco». Rauch diede degli strattoni al ferro.

«Il maniscalco sei tu» disse Hostetter.

«E dove sono gli arnesi?» chiese Rauch.

Anche Hostetter proseguì a piedi. Continuarono a scendere per un bel pezzo, poi la gola si fece un po' più ampia, si aprì in qualche prato, ma alla fine le pareti rocciose si serrarono al punto che vicino all'acqua non c'era spazio nemmeno per il passaggio più stretto. L'uscita dalla gola non era più praticabile. Il sentiero erto s'inerpicava verso la frazione di Rongellen, e sul versante opposto del Crapteig, come veniva chiamata la collina boscosa, scendeva poi verso Thusis, dove finalmente giunsero un'ora dopo.

Per prima cosa cercarono il maniscalco e fecero ferrare la giumenta.

«Quanto manca a Coira?» chiese Hostetter.

«Sei ore, forse anche meno, dipende» disse il maniscalco.

«Lui oggi a Coira non ci arriva più» disse Hostetter indicando Rimmel che giaceva a terra esausto, come schiantato.

53

Nel pomeriggio al municipio di Bonaduz fu invitata a entrare come penultima testimone la donna di Rhäzüns. Ammonita a dire la verità, cominciò a raccontare: «Mi chiamo Elisabeth Maron, ho quarant'anni, nata da famiglia borghese di Rhäzüns, cattolica, nubile. Vivo con mia madre, ho un certo patrimonio con cui mi mantengo, non ho precedenti penali. Ieri l'altro alle quattro del mattino sono partita da Rhäzüns per andare al mulino a prendere qualcosa. Quando sono arrivata, c'era un uomo davanti al forno...».

«Lo conoscevate?» chiese il giudice.

«No, non lo conoscevo, uno di Sculms, come ho saputo dopo. Poi il garzone è uscito dalla stalla e ha chiesto se il mugnaio non si era ancora alzato, l'uomo ha detto di no, e io gli ho detto di svegliarlo, e lui mi ha assicurato che lo avrebbe fatto. È salito alla porta di casa. Ma vicino alla scala abbiamo visto sangue, ciocchi di legna e ciarpame, e abbiamo scorto un piede. Io ho detto, sarà il mugnaio, il garzone ha risposto, no, ieri è venuta la serva di prima, e il mugnaio avrà tolto di mezzo l'altra. Allora il garzone si è messo a correre nel prato, faceva delle urla terribili e ha chiamato tre servi dell'usciere cantonale, che stavano falciando nel prato vicino e sono venuti subito. Anche loro hanno pensato che l'avesse uccisa il mugnaio e che fosse fuggito con i suoi cavalli, così hanno chiesto al garzone se i cavalli erano lì, e lui ha detto di sì. Poiché non gli credevano, gli hanno detto di portarli fuori, e lui lo ha fatto. Poi gli altri sono entrati nel mulino attraverso un'apertura sul retro e nella camera hanno visto altri due cadaveri stesi sul letto. Sono entrata anch'io ma non avevo il coraggio di guardarmi intorno, e i cadaveri li ho solo intravisti. Sono tornata subito a Rhäzüns e non so cos'altro hanno fatto gli uomini, né cos'è successo dopo».

Pure a lei fu data lettura della sua deposizione. Poi la donna firmò: Elisabeth Maron.

Quando fu uscita, il landamano Locher si lamentò: «Tutti raccontano le stesse cose, e noi non scopriamo niente. Cos'è successo di notte? Chi li ha massacrati in quel modo orribile?».

«Bisogna fare molte domande» disse il barone von Mont «per trovare un briciolo di verità».

L'ultimo testimone a entrare nella sala consiliare fu un uomo alto. Giurò di dire la verità e di non divulgare nulla di quanto avrebbe sentito in quella sede. Era Jeremias Weibel, trentun anni, cittadino di Sculms e dichiarò che due giorni prima era andato al mulino a prendere farina.

«Così di buon'ora a piedi da Sculms» chiese il giudice «per comprare farina? Senza una bestia da soma?».

L'uomo disse di no.

«Avete visto qualcuno lungo il cammino?».

Prima che potesse rispondere, per le scale risuonarono passi pesanti, poi la porta si aprì e un uomo col fiato corto entrò senza essere annunciato.

«Una notizia importante, del landamano Weisstanner di Spluga,» disse tenendo in alto una lettera «per il signor giudice istruttore!».

Il barone prese la lettera, l'aprì e lesse, mentre gli astanti lo guardavano.

«Rimmel è stato arrestato!» esclamò con soddisfazione. «Ieri sera a Spluga, e ha confessato! A questo punto possiamo interrompere l'escussione dei testi».

L'uomo di Sculms si meravigliò di essere congedato così in fretta.

54

Il cervello è un organo molle, pensò il barone von Mont. Ma è capace di fare ordine. Lo stomaco digerisce, il cuore pompa, i polmoni respirano, il cervello fa ordine. Suddivide il mondo in alto e basso, chiaro e scuro, bagnato e asciutto, forte e piano, buono e cattivo, giusto e sbagliato. In tale ordine l'uomo può vivere e svilupparsi, crescere e prosperare, essere felice. Il cervello sta nella scatola cranica, pensò il barone, come un uovo crudo nel guscio, riflette e ci dice cosa dobbiamo fare. E se è malato non possiamo più fidarci di lui. Dal caos il cervello crea solo altro caos, induce ad atti incomprensibili, a un riso stolto, suggerisce frasi insensate e idee che ci rendono infelici e ci precipitano nella rovina, porta all'omicidio. I pensieri di un cervello malato si diffondono come un'epidemia, in modo imprevedibile, si estendono al corpo cui il cervello è preposto, al cranio, al collo, agli arti che compiono azioni ignobili e inconsulte, colpiscono, uccidono, e il disordine si allarga come un incendio nel seccume del sottobosco. Diritto e legge vengono infranti. Solo la giustizia può mettere un freno e difendere il mondo. Solo la giustizia può opporre barriere e confini (e mura carcerarie), se il pensiero oltrepassa i limiti. La medicina può analizzare, comprendere e perfino guarire un cervello come questo. Ma la giustizia c'è per qualcos'altro: ferma l'impeto distruttivo e malvagio. Agisce con la forza e il potere della comunità nazionale e dello stato. La sua azione deve essere dura, inflessibile e implacabile. La giustizia non deve lasciarsi piegare, né indebolirsi e imputridire come un albero marcescente, no, deve essere risoluta, potente e vigorosa. All'influsso devastante di un cervello malvagio la legge oppone la giusta pena. A ogni delitto la sua pena. Occhio per occhio, dente per dente. Franziskus Rimmel va punito con la morte, ed è ancora troppo poco. Ha massacrato con la massima ferocia tre esseri umani e due nascituri. Per questo la corte deve infliggergli la pena più severa. Grazie a Dio sono riuscito a reclutare due nuovi uomini coraggiosi, paladini della giustizia…».

Tali erano i pensieri del giudice istruttore barone Johann Heinrich von Mont, mentre sabato sera, ancor prima del buio, era in viaggio da Bonaduz a Coira nella sua carrozza nera.

Voleva sviscerare i propri dubbi? O mettere ordine in teorie vacillanti? In quei tempi diritto e legge rischiavano di diventare complicati. Fin dal Medioevo era stabilita una determinata pena per ogni delitto. Nel frattempo si era cominciato a indagare anche le cause e i motivi di un crimine, e a interrogarsi sul grado della pena. Forse era più giusto, ma anche più complicato. Non più di tre settimane prima a Lipsia un uomo di nome Johann Christian Woyzeck aveva accoltellato a morte l'amante Johanna Christiane Woost. Di quel procedimento giudiziario lungo, complesso ed esemplare e delle diverse perizie il giudice istruttore avrebbe letto solo qualche tempo dopo, e non senza sorpresa: Johann Christian e Johanna Christiane, Franziskus e Franziska...

55

Domenica 15 luglio, nel primo pomeriggio, il guardiano della Porta superiore di Coira sedeva su una panca di legno che aveva accostato al muro esterno. Il sole scaldava il muro, e il calore gli faceva bene alla schiena. Aveva male alle reni. Stare sempre in piedi o seduto non era affatto gradevole, come invece gli rinfacciavano tutti. Ma con la pietra calda contro la schiena e il sole sulla pancia era sopportabile. Così poteva sonnecchiare un po'. Doveva addirittura essersi addormentato, perché a un tratto un forte sbuffo lo svegliò di soprassalto. «Cristo!» imprecò, e fissò le froge grigio chiaro che gli avevano soffiato il muco in faccia. Portò la mano alla fronte per farsi schermo dal sole abbagliante. Vide una giumenta marrone chiaro e un Freiberger, due sconosciuti in sella, o forse li aveva già visti? Non erano facce nuove. Ma rimase esterrefatto alla vista dell'uomo sfinito, condotto per la corda con le mani legate. Si alzò dalla panca e raddrizzò la schiena con cautela. «Chi abbiamo qui?» chiese.

«Franz Rimmel,» disse Hostetter «l'omicida del mulino».

Rimmel? Il guardiano si svegliò di botto. In città si era diffusa la notizia del crimine di Bonaduz. Erano state affisse schede segnaletiche con la descrizione dell'uomo. La gente era sconvolta e impaurita, aveva fatto congetture sul mostro, il diavolo che di notte aggrediva cittadini innocenti e li faceva a pezzi con la scure. Nei giorni passati era corsa voce che l'assassino fosse rimasto nei paraggi, e che avrebbe colpito ancora con il favore delle tenebre. Prediligeva le donne che la sera uscivano da sole, così si diceva. E quel figuro emaciato e stremato, con le brache corte, sarebbe stato l'assassino?

«Questo qui?».

«È lui,» disse Hostetter «non ci sono dubbi, ha confessato».

Al guardiano prudevano le mani. Avrebbe voluto suonargliele di santa ragione con l'asta della lancia, a quel moscerino. Rimmel era legato, e il gigante in groppa al Freiberger stringeva la corda in pugno. Il guardiano si dominò e oltrepassò la porta gridando per i vicoli: «L'assassino! Lo hanno preso! L'assassino è stato catturato!». La gente affluiva da ogni parte, in breve si formò una folla che accompagnò i due cavalieri e il prigioniero. Con urla, schiamazzi e risate il corteo percorse la Obere Gasse fino a Martinsplatz, poi scese per la Reichsgasse verso il Süßen Winkel. L'uno dietro l'altro, Hostetter, Rauch, Rimmel a piedi, lo sguardo basso, vacillante. Arrivava sempre più gente. Volavano pietre, mancavano il bersaglio e centravano altri curiosi, che imprecavano e inseguivano chi li aveva colpiti.

Quando giunsero davanti al carcere, qualcuno aveva già chiamato il giudice. Il barone von Mont si fece strada tra la folla e bussò energicamente al portone del Sennhof. Si levarono grida isolate: «Impiccatelo! Fate venire il boia!».

Il pesante portone si aprì, il barone entrò, fece cenno

a Hostetter e Rauch di seguirlo con il prigioniero barcollante, il portone si richiuse. Il barone aveva avuto notizia dell'arresto la sera prima. Ma solo adesso, nel vedersi davanti l'uomo legato, fu davvero felice.

Rimmel non si reggeva più sulle gambe e si afflosciò sul selciato. Rauch dovette tirarlo su e tenerlo stretto perché si potesse parlare con lui. Il barone chiese se era il ricercato Franz Rimmel, ma per tutta risposta ebbe solo un gemito.

Il barone rimandò l'interrogatorio e fece rinchiudere il prigioniero in una cella.

Nel posto di guardia il giudice ascoltò poi il resoconto dettagliato di Hostetter. Le ricerche nel Safiental, la marcia attraverso il Safierberg, l'arresto a Spluga, la discussione con il landamano Weisstanner, la partenza segreta e l'arduo viaggio di ritorno a Coira. Sul tavolo c'era lo zaino di Rimmel, che conteneva novantaquattro Gulden.

«Lavoro eccellente,» disse il barone «straordinario! Avete superato le mie aspettative!». Si espresse con tale enfasi, che Hostetter cominciò a ridere nervosamente per l'orgoglio.

«La rapidità dell'azione è inestimabile. Per il prestigio della polizia, della giustizia, del cantone. Avrete un giorno di riposo e prenderete servizio dopodomani. Martedì mattina alle sei, qui al posto di guardia».

56

«Cos'ha il papà?» chiesero i bambini in casa Bonadurer.

«È malato» disse la madre.

Hansmartin Bonadurer era tornato in camera da letto e si era sdraiato.

La parca cena, minestra e pane, la mangiarono da soli.

Quando per i piccoli fu ora di dormire e Anna li accompagnò in camera, Hansmartin uscì, andò nella stalla e si accucciò nel ricovero delle capre, in penombra.

«Cosa ci fai qui?» chiese Anna. Lo aveva seguito.

«Niente» disse lui.

«Tu ci lasci soli» disse la moglie. «Perché non mi dici cosa succede? Dove ti fa male? Che malattia è?».

«Lasciami in pace!».

«Quando si è malati si sta a letto e bisogna fare qualcosa» insistette lei. Stava sulla soglia e non aveva intenzione di lasciar perdere.

«Torna in casa! Va' dai bambini!».

«No, adesso voglio sapere cosa ti succede!». Aveva alzato la voce, l'uomo si levò in piedi e le urlò: «Lasciami in pace, ti ho detto!».

«No!» gridò lei di rimando. Nel buio non lo vide alzare il braccio. All'improvviso sentì un colpo caldo in faccia, che la mandò a sbattere con la testa contro lo stipite. Vide un brillio di stelle, dovette reggersi allo stipite per non cadere. Hansmartin le passò accanto e uscì. Girò intorno alla stalla, entrò dalla porta sul retro e salì nel fienile. Anna sentì cigolare i cardini, poi i suoi passi pesanti. Da quella sera l'uomo dormì sul fieno. Rimaneva lì anche durante il giorno e non entrava in casa nemmeno per mangiare, ma una volta la moglie si accorse che aveva preso un pezzo di pane in cucina mentre lei era nel prato con i figli.

57

Lunedì mattina 16 luglio, prima che facesse giorno, il barone von Mont era nel suo studio e cercava un documento. La moglie e la servitù dormivano ancora. Lui non riusciva più a prender sonno. Così sfruttava il tempo per i preparativi. Lo scritto che gli serviva era un estratto della legislazione ufficiale del cantone confederato dei Grigioni, due pagine del paragrafo *Giustizia criminale*. Il titolo era *Tariffe del boia*. Il barone sfogliò il fascicolo e scorse le righe.

Per la decapitazione o l'impiccagione, comprese tutte le procedure necessarie, si dovevano pagare 16 Gulden.

3 Gulden per seppellire il corpo.

2 Gulden e 30 Kreuzer per impalare la testa.

4 Gulden e 30 Kreuzer per mettere la gogna.

3 Gulden per mozzare o mutilare un arto.

4 Gulden per marchiare a fuoco.

Il carnefice non era autorizzato a esigere un compenso per altre procedure, a meno che al criminale non fosse inflitta una pena capitale o corporale non indicata nell'elenco. In tal caso spettava al Piccolo Consiglio stabilire la tariffa.

Il carnefice percepiva una paga annua di trecento Gulden. La pratica della medicina gli era interdetta. Ma cosa impediva il suo intervento in un interrogatorio con tortura? Qualsiasi gendarme sapeva usare la frusta. C'erano mezzi più efficaci per estorcere la verità. Era il caso di coinvolgere il Piccolo Consiglio? Il carnefice Johannes Krieger non andava tanto per il sottile. Se il giudice lo avesse chiamato, sarebbe venuto e avrebbe fatto quello che gli veniva chiesto.

58

Ufficio del giudice istruttore al Sennhof, due ore dopo. Armadi chiusi a chiave, scaffali con libri e incartamenti. Al centro una scrivania e una sedia di legno con i braccioli. Nell'angolo un tavolino, tre poltrone. Alla parete lo stemma cantonale e una carta geografica del Grigioni, che mostrava in colori diversi la Lega Grigia, la Lega delle Dieci Giurisdizioni e la Lega Caddea. Le finestre davano tutte a ovest. Davanti al carcere si vedevano frutteti, più in là le scuderie, sovrastate dalla corte vescovile. Il fervore religioso del barone si manteneva entro limiti ristretti, come quello politico. Era un uomo di giustizia. Un apostolo del diritto. Ai piedi del palazzo vescovile vedeva la sua casa, accanto una stalla, galline, gatti e cani, in alto i tetti di Coira, il campanile di Sankt Martin. L'unica porta dell'ufficio dava nell'anticamera, dove il consigliere Andreas Otto aveva la sua scrivania.

L'anno prima era morto Joseph Fouché, ministro di polizia di Napoleone. Lui, il barone von Mont, era giovane e aveva un futuro molto promettente davanti a sé. Era passata solo una mezza settimana dall'omicidio, e il sospettato era già agli arresti. Come pubblico ministero nel processo imminente davanti alla corte criminale cantonale aveva intenzione di chiedere la pena di morte per Franz Rimmel. Non c'era dubbio che la corte avrebbe accolto la sua richiesta. La velocità con cui il suo ufficio aveva risolto il caso era un vero miracolo. Naturalmente c'erano decine di altri problemi che aspettavano una soluzione. Le donne e il falso medico erano fuggiti, presumibilmente in Austria. Il cittadino di Coira non avrebbe avuto giustizia, e la morte di sua moglie sarebbe rimasta impunita. La macchina della giustizia era lenta, ma inarrestabile. Il barone von Mont stava scrivendo una lettera alla corte criminale e civile del Vorarlberg in merito al falso medico. Era importante scambiarsi informazioni oltre i confini. Prima o poi il criminale sarebbe incappato nelle maglie della legge.

Prima di andare a casa nella Süßwinkelgasse per il pranzo, fece visita a Franz Rimmel in cella. Voleva controllare ancora una volta di persona le misure di sicurezza. L'evasione delle donne lo aveva reso diffidente. Il sergente Caviezel indicò la pesante serratura e lo fece guardare attraverso lo spioncino. Rimmel era seduto sul pagliericcio. Il suo sguardo evitò quello del giudice. Invece dei suoi vestiti portava la divisa da carcerato, brache lunghe e bianche di lino e una blusa a maniche lunghe della medesima stoffa.

Il giudice istruttore annunciò che l'interrogatorio sarebbe cominciato l'indomani in presenza degli altri giudici.

Dopo il pranzo con la moglie il barone si coricò per un riposino digestivo. Nel pomeriggio aveva diversi colloqui in città, in preparazione al processo.

Quando tornò al Sennhof, lo aspettava una novità sorprendente. Un messaggero aveva consegnato qualcosa che il landamano Locher aveva ricevuto dal Safiental. Un contadino lo aveva trovato nel fienile, lo aveva dimenticato lo stesso uomo a cui i gendarmi davano la caccia. Lo stesso uomo aveva dimenticato anche il berretto. Il landamano aveva mandato immediatamente gli oggetti all'ufficio del giudice.

Il sergente Caviezel mostrò al barone ciò che era stato recapitato: un bastone, grazioso a vedersi, con alcuni ornamenti e guarnizioni d'argento. Un vero peccato usarlo per condurre il bestiame. Il barone non sapeva cosa pensare. Di colpo il sergente Caviezel tirò l'impugnatura del bastone e si trovò uno stiletto in mano. L'arma aveva una lama a sezione triangolare, lunga due palmi e appuntita.

Il barone la prese in mano e la osservò stupito. «Un'arma preziosa» disse. «E l'avrebbe dimenticata Rimmel nel Safiental?».

«Dev'essere andata così» disse il sergente Caviezel.

Si mandò a chiamare subito il dottor Gubler, che dopo un'ora di ricerche giunse al Sennhof. In seguito a un'approfondita valutazione della forma della lama furono d'accordo: lo stiletto era la seconda arma del crimine.

59

Nella loro giornata libera Hostetter e Rauch si lasciarono festeggiare come eroi a Coira. Era tempo. Finalmente potevano andare a testa alta. Il barone aveva raccomandato di non divulgare i particolari dell'omicidio. Da nessuna parte e con nessuno. Per il taciturno Rauch era un consiglio superfluo. E Hostetter dovette mantenersi sulle generali nel vantare i loro meriti, infiorarli, alludere in modo esplicito. Lo fece con grande piacere, prima nell'azienda di famiglia, dove occupavano una stanza nel sottotetto, poi nella bottega del maniscalco Mohn, dove Rauch poté finalmente salutare lo zio.

«Karli gendarme?» esclamò. «Ci sarà da divertirsi!».

«Uno dei migliori,» disse Hostetter «alle sue lunghe braccia non sfugge nessuno!».

Nella Goldgasse scoprirono la bottega di un barbiere. Si fecero spuntare barba e capelli. Hostetter raccontò della pericolosità della loro missione e delle loro straordinarie capacità di gendarmi che il giudice istruttore, barone von Mont, aveva tanto elogiato.

Parlò dettagliatamente delle loro abilità equestri, senza fare parola del balsamo che gli aveva dato sua madre per guarire le abrasioni sul fondoschiena.

«I favoriti!» gridò Hostetter. «Quelli lasciateli così. Come li portano i signori nel Württemberg».

Nel pomeriggio il sergente Caviezel li accompagnò al magazzino cantonale dove ricevettero l'uniforme: un cappello, una redingote grigia con il colletto e i risvolti verdi, un panciotto verde, un paio di pantaloni lunghi, due paia di scarpe, due paia di suole di riserva e un pastrano. Rauch dovette andare subito dal sarto per allungare i pantaloni.

La sera passeggiarono per la città in uniforme, in lungo e in largo, avanti e indietro, finché proprio tutti non li ebbero visti e salutati almeno una volta.

60

Martedì cominciò l'interrogatorio del sospettato nella stanza degli interrogatori del Sennhof. Era un locale nudo e spoglio in fondo al lungo corridoio che passava davanti alle celle. Il pavimento era lastricato di pietra grigia. Alle pareti erano murati degli anelli, dal soffitto pendevano ganci di ferro. Erano presenti il giudice istruttore cantonale barone von Mont, sua eccellenza il signor giudice municipale Steffan von Pestalozzi in qualità di giudice a latere, il consigliere Andreas Otto, segretario della corte criminale cantonale e il delinquente Franziskus, Franzisk, Franzesg o Franz Rimmel.

Per la commissione erano pronte alcune sedie. Sotto la piccola finestra con le inferriate il segretario sedeva a un semplice tavolo di legno, fogli, penne, temperino e calamaio davanti a sé. Sul bordo del tavolo erano appoggiati la scure, il bastone e il berretto.

Rimmel era in piedi davanti alla commissione, lo sguardo basso.

Il segretario aprì il verbale con una descrizione dell'imputato sotto dettatura del giudice istruttore: Franziskus Rimmel ha circa cinquant'anni, è di complessione molto magra e statura piccola, ha un volto ovale, smunto e abbronzato, occhi azzurri alquanto vivaci, grande naso leggermente aquilino e appuntito, bocca media, anzi piuttosto grande, mento largo, fronte abbastanza alta, capelli lisci castano scuro, un accenno di calvizie in cima al capo, gli occhi sono infossati, appena al di sopra dell'angolo sinistro della bocca ha una verruca di media grandezza, mani piuttosto grandi, verosimilmente gonfie, denti cortissimi, in alto quasi assenti. Porta brache lunghe di lino bianco da carcerato, provviste di bottoni d'osso sui due lati, una blusa corta di lino bianco con due file di bottoni d'osso sul davanti e un bottone uguale sulle maniche, scarpe con le stringhe, a punta, molto scollate e calze lacere, un po' sbiadite, a righe sottili e distanti. Rimmel parla tedesco in dialetto locale e tirolese e non ha segni particolari, se non che la testa pende quasi sempre un po', e mentre parla stravolge gli occhi in alto a sinistra in modo patologico, la qual cosa può essere interpretata come segno di sregolatezza nervosa.

Il giudice istruttore gli chiese poi luogo e famiglia d'origine. Rimmel rispose di buon grado. Parlava sottovoce e con lentezza, balbettava spesso, cercava le parole, quasi indagasse il motivo della propria condizione, di ciò che era avvenuto. Nelle sue dichiarazioni confermò quanto altri raccontavano di lui.

Rimmel veniva dal villaggio di Untergrünau nel Lechtal ed era figlio del mastro muratore Ambros Rimmel e di Christina Rimmel, nata Falger, di Stanzach nel Lechtal. Da bambino si era trasferito con i genitori a Häselgehr, poi a Reutte. Aveva ricevuto un'educazione cattolica e aveva imparato a leggere e a scrivere in modo accettabile alla scuola del paese. Da quando aveva appreso il mestiere dell'orologiaio in Tirolo, si spostava da un luogo all'altro e accettava qualunque lavoro gli venisse offerto. Aveva percorso il Tirolo, il Vorarlberg, il Grigioni e la Valtellina. Il periodo più lungo lo aveva passato in Valtellina. I genitori erano morti dodici anni prima, a breve distanza l'uno dall'altro. Rimmel aveva sposato una grigione di Lenz, ma non la vedeva da lungo tempo. L'anno prima Rimmel era sempre rimasto nella regione tra Reichenau e Ilanz, nel Safiental, nel Valsertal, nella Val Lumnezia e nel Domleschg. Aveva aiutato i contadini e fatto piccole riparazioni in fattorie e alpeggi. Era stato ospite abituale del mugnaio al mulino dello stagno. In soffitta teneva una valigia di indumenti che poteva lasciare sempre lì. Rimmel godeva della fiducia del mugnaio, dormiva spesso da lui e a volte gli dava una mano nel mulino o nella stalla. Ma negli ultimi tempi il loro rapporto si era un po' guastato.

«Per quale motivo?» chiese il giudice.

Il mugnaio lo aveva accusato di avergli portato via il cane, a Versam. Ma lui lo aveva solo preso in prestito, disse, per condurre il bestiame, e aveva intenzione di restituirlo. Il mugnaio non era una persona cattiva, anzi, era un tipo allegro, aveva sempre pronta una battuta divertente. Ma negli ultimi tempi aveva cominciato a dir male di lui, Rimmel Franz. Michel Blum, questo era il nome del mugnaio, aveva sparlato di lui. Con il fabbro di Carrera, e anche con altri.

«Per via del cane?».

Non solo per via del cane. Il mugnaio raccontava in giro che Rimmel beveva troppo, e la moglie non lo voleva più vedere.

«Chi c'era al mulino mercoledì sera?» chiese il giudice.

Rimmel rispose, ma non si capì. Il giudice gli intimò di parlare forte e chiaro.

«Michel,» ripeté Rimmel a voce più alta «la sua serva di prima, la serva nuova e io stesso».

«E poi?».

«Il garzone,» disse Rimmel «ma lui è andato a letto presto in camera sua, di là nella stalla».

«Nessun altro a parte queste persone?».

«No».

«Cos'è successo quella sera?» chiese il giudice.

Rimmel prese tempo, poi cominciò a raccontare lentamente: «Io ero seduto al tavolo, nella Stube, e bevevo grappa. Com'era mia abitudine. Avevamo litigato, io e il mugnaio, per via del cane e perché lui parlava male di me. C'erano anche le serve nella Stube. Michel metteva le mani addosso alla serva più giovane, be', dappertutto, per dimostrarmi quello che può fare, perché lei è di sua proprietà. Ma questo dava fastidio anche all'altra, e così le donne hanno cominciato a litigare. E a me niente più grappa. Mi prendevano in giro e dicevano che mia moglie non vuole più saperne di me. Io ho detto al mugnaio che lui in compenso ha due donne sulla groppa e deve aprire i cordoni della borsa. Allora la più giovane mi ha dato del nanerottolo ubriaco e ha minacciato di suonarmele di santa ragione. Nello zaino avevo un po' di grappa e ho continuato a bere, finché mi sono addormentato al tavolo, probabilmente...».

A quel punto Rimmel interruppe il suo racconto.

I membri della commissione erano seduti a braccia conserte e si guardarono con aria interrogativa. Il giudice ruppe il silenzio e con voce alta e dura ingiunse a Rimmel di continuare.

«Ho fatto qualcosa di male» disse Rimmel sottovoce. «O forse ho sognato qualcosa di male. Non riesco a ricordare...».

«Questo è vostro?» chiese il giudice mostrandogli il berretto.

Rimmel annuì stupito: «Sì».

«Potete rimetterlo» disse il barone von Mont.

Rimmel prese il berretto e se lo mise sui pochi capelli che aveva in testa.

«Questa è la vostra scure?» chiese il giudice e prese l'attrezzo dalla scrivania del segretario.

«Sì» disse Rimmel, dopo averle dato uno sguardo.

Il giudice mise giù la scure e prese in mano il bastone: «E questo è il vostro bastone?».

Rimmel parve molto sorpreso.

«Lo avete dimenticato nel fienile dove avete dormito dopo la notte di sangue, insieme con il berretto» continuò il giudice, e trasse dal bastone lo stiletto per mostrarlo ai presenti. «Con quest'arma sono state trafitte più volte tutte e tre le vittime. Il bastone è vostro?».

«Sì» ammise Rimmel dopo una pausa piuttosto lunga.

«E come mai un'arma tanto insolita è finita nelle vostre mani?» insisté il giudice.

«L'ho trovata, in una mescita».

«Dove e quando di preciso l'avreste trovata?» chiese il giudice.

«Molto tempo fa,» disse Rimmel «non ricordo più dove».

A quel punto il giudice intimò a Rimmel di riferire senza tanti giri di parole cos'era successo quella notte, o cosa pensava di avere sognato.

Mentre Rimmel balbettava il suo racconto, i fatti si rivelarono all'occhio interiore dei giudici spettatori come su un palcoscenico, più o meno raccapriccianti secondo l'immaginazione di ciascuno:

Quando tutti gli altri si furono addormentati, Rimmel aveva preso la scure dallo zaino, si era avvicinato alla panca della stufa e con la parte tagliente aveva colpito il mugnaio alla testa. Poi andò in camera per fare la stessa cosa alle due serve. Calò la scure anche su una di loro, la più giovane, e la donna rimase immobile all'istante. Nel frattempo l'altra si era svegliata e si alzò. Rimmel si accanì contro di lei, ma la donna si difendeva con grande forza, riusciva a difendersi perché era un po' più alta di lui. Nonostante i colpi ricevuti riuscì a fuggire nella Stube, dove il mugnaio cominciò a muoversi e ad alzarsi. Sul tavolo la candela era ancora accesa, e si vedeva che i due, Michel e Franziska, erano sempre più imbrattati di sangue. Lui, Rimmel, si spaventò, e infierì ora sul mugnaio, ora sulla serva. Tuttavia la donna si trascinò fuori dalla porta. Lui la inseguì e la lotta continuò sulla scala, le assestò un colpo finché la donna cadde giù e rimase immobile. Poi Rimmel tornò dentro, inferse altri colpi al mugnaio, andò nella camera e colpì ripetutamente anche la serva più giovane, perché non si rialzasse. E per averne la certezza, le conficcò più volte lo stiletto nel cuore. Non smise finché tutto fu compiuto.

Fece rotolare Franziska sotto la scala e la coprì con alcuni ciocchi. Trascinò il mugnaio in camera, tolse i vestiti a lui e alla serva più giovane, infine sdraiò il mugnaio sul letto vicino alla serva.

Lo aveva fatto con intenzione maligna, disse Rimmel, perché tutti vedessero che i due convivevano nella lussuria. Poi si tolse la camicia, anch'essa imbrattata di sangue, e ne prese una pulita del mugnaio. Poiché ora l'uomo era morto e i suoi beni non gli servivano più, Rimmel forzò lo stipo e prese il denaro che vi era nascosto. Alla fine, riferì Rimmel, aveva avviato il mulino perché tutto fosse in ordine, aveva sprangato la casa dall'interno e se n'era andato passando dalla soffitta del mulino.

«Dove?».

Non lontano, verso Sculms. A monte del mulino si era nascosto in un fienile e si era addormentato. Aveva fatto un sonno sorprendentemente lungo e profondo, si era svegliato solo a mezzogiorno.

Quando noi siamo arrivati al mulino, pensò il giudice. Poi chiese: «Ma come siete riuscito a sollevare il mugnaio sul letto?». Il mugnaio non era una piuma, e Rimmel era basso e magro.

Non era alto, ma aveva forza, disse Rimmel.

«Sapete che per un tale crimine è prevista la pena di morte?» chiese il giudice.

Sì, lo sapeva.

«Allora perché lo avete fatto?».

Rimmel non riusciva a spiegarselo. Era furioso, e una volta che aveva cominciato, non si era più fermato. Dio doveva averlo abbandonato, perché era tanto tempo che non pregava più.

Il consigliere Otto, che nelle lunghe pause del racconto aveva scritto con zelo, ci mise ancora un po' prima di completare le dichiarazioni. Quindi diede lettura del verbale. Infine tutti i presenti, Rimmel compreso, apposero la propria firma in calce al documento. Poi il sergente Caviezel riportò il criminale in cella.

I signori erano rimasti seduti nella stanza degli interrogatori e tacquero a lungo.

«Il risultato di un imbarbarimento dei costumi,» osservò poi il giudice municipale «e un equilibrio umorale instabile nell'uomo».

61

«Abbiamo la sua confessione» dichiarò il barone von Mont ai membri del Piccolo Consiglio. «E abbiamo le testimonianze di Bonaduz. Considerati i fatti chiederemo la pena di morte, questo è certo. Tuttavia avremo ancora bisogno di tempo per redigere l'atto di imputazione. Le vittime sono state sepolte a Rähzüns. È stato aperto il procedimento successorio. Le autorità dei luoghi d'origine sono state informate. L'usciere cantonale Candrian cerca un nuovo mugnaio per il mulino».

«È un risultato più che soddisfacente» disse uno dei consiglieri, e raccolse cenni di generale consenso. Finalmente si poteva correggere la cattiva fama della giustizia grigione. Perfino negli stati tedeschi la gente aveva preso in giro il Canton Grigioni definendolo l'Atene dei malfattori. Solo perché il famigerato Hannikel era evaso dalla torre del carcere di Coira. Tuttavia poco tempo dopo erano riusciti ad arrestarlo di nuovo e a trasferirlo nel Württemberg, dove infine era stato impiccato.

La seduta nel palazzo del governo volgeva al termine, un paio di questioni erano ancora aperte. Del Piccolo Consiglio facevano parte il presidente del governo cantonale Johann Anton von Peterelli della Lega Caddea, il suo luogotenente conte Johann von Salis-Soglio, il presidente della Lega Grigia Christian von Marchion, il suo luogotenente Balthasar Vieli, il landamano della Lega delle Dieci Giurisdizioni Johann Ulrich von Sprecher Bernegg e il suo luogotenente, capitano Georg Buol.

«I professori tedeschi a Coira creano problemi», disse uno dei consiglieri.

«Il problema non sono i professori,» ribatté un altro «il problema è Metternich».

Negli ultimi tempi molti liberali nazionali tedeschi erano dovuti fuggire. Alcuni insegnavano anche a Coira. Il più famoso era Karl Völker, allievo di Friedrich

Ludwig Jahn, padre della ginnastica. Völker era fuggito alle autorità del Württemberg e ora insegnava ginnastica ed esercitazioni alla scuola cantonale. Aveva partecipato alla festa della Wartburg e aveva conosciuto Carl Ludwig Sand di persona. L'assassino del conte von Kotzebue era stato giustiziato a Mannheim l'anno prima, ma l'esecuzione non aveva fatto che accrescerne la fama. Da quando il boia si era costruito un piccolo padiglione con il legno del patibolo, fiori e foglie essiccati del suo giardino erano considerati reliquie. Ora il governo grigione aveva ricevuto un'altra nota diplomatica. La quarta. Si constatava con preoccupazione, vi era scritto, che un numero sempre maggiore di rivoltosi si rifugiavano in Svizzera e nel Grigioni per accelerare la rivolta dall'estero. Appoggi di qualsivoglia natura a quei soggetti sarebbero stati considerati un attacco all'ordine dello stato. Il principe von Metternich era diventato il cancelliere austriaco e perseguitava i liberali con ogni mezzo, anche oltre confine.

Ancora una volta il Consiglio prese atto del problema e lo mise a verbale, ma non si decise nulla. Dopo la seduta il presidente della Lega Grigia Christian von Marchion pregò il giudice istruttore di scambiare due parole in privato.

«Nella Dieta federale» disse von Marchion sulla scalinata «si sollecita da più parti la nomina di un commissario per gli stranieri».

«Semplificherebbe il nostro lavoro» osservò il barone von Mont.

Il presidente pose una mano sul braccio del giudice e aggiunse: «Lei, caro signor barone, può vantare i migliori requisiti per tale incarico: una rispettabile famiglia grigione, eccellente formazione giuridica, notevole esperienza. Ed è ancora giovane ed energico. Negli ultimi tre anni ha dimostrato come la polizia e la giustizia possono diventare uno strumento efficace del potere statale. E ora il caso del mulino, un lavoro eccellente».

«È mio dovere, signor presidente, ma ringrazio per l'apprezzamento».

«E inoltre» continuò von Marchion «chi a maggior diritto di lei, un grigione, potrebbe rivestire tale carica? Nessun cantone deve difendere tante frontiere e importanti strade di transito come noi».

«È innegabile».

«Dovrà essere un grigione, questo è certo. Sarebbe propenso ad assumere tale carica? Non dovrebbe rinunciare a quelle attuali. Una parte del futuro lavoro di commissario federale per gli stranieri rientra già tra le sue mansioni di comandante della polizia cantonale».

«Nel caso si istituisse il commissariato, naturalmente non rifiuterei una nomina» rispose il barone.

«Questo risponde alle mie aspettative, e mi fa piacere» disse il presidente Marchion, strinse il braccio del barone e aggiunse: «Un grigione a capo del commissariato accrescerebbe il prestigio del nostro cantone a Berna».

62

Fumare sigari e pipe senza coperchio nelle piazze e nei vicoli della città di Coira era estremamente pericoloso, e quindi vietato; sotto i cornicioni il divieto valeva anche per le pipe con il coperchio. Vigeva il divieto assoluto di trascinare legna per la città, come pure di scaricare immondizie, detriti e simili nell'area comunale, eccezion fatta per quanto veniva gettato direttamente dal carro nel fiume. Tutti i convogli con più di due cavalli che transitavano per il territorio comunale dovevano essere condotti in sella. Cocchieri o carrettieri non potevano lasciare il convoglio a se stesso, pena il pagamento di un'ammenda o una severa sanzione in caso di sinistro. Se due carri si incrociavano entro o fuori le mura, ognuno doveva tenere la destra. Per i vicoli e intorno al fossato non era consentito cavalcare o procedere più velocemente che al piccolo trotto. Tutti dovevano adeguarsi ed evitare di causare danni.

Hostetter e Rauch dovevano far rispettare tali leggi. Si appostavano dietro un cespuglio nei pressi della Porta inferiore e controllavano i convogli troppo veloci che transitavano lungo il fossato. Quando ne vedevano uno, si paravano in divisa completa in mezzo alla carraia, con le braccia in alto. Il cocchiere poteva proseguire solo se aveva pagato l'ammenda all'istante.

63

A cena il barone von Mont fu felice di comunicare alla moglie la notizia di un nuovo, probabile incarico, a livello federale per di più.

«Che bello!» disse Josepha. «Allora dovrai andare a Berna almeno una volta all'anno. Forse potrò accompagnarti?».

«Vuoi farmi credere che staresti in carrozza per cinque giorni? E altrettanti al ritorno? Per ora è solo un progetto. Ci vorrà tempo» disse il barone. «E forse a quel punto non sarai più libera in casa nostra».

«Per quale motivo non dovrei essere libera qui?».

Il barone le rivolse uno sguardo indagatore. «Be', per quale motivo una giovane sposa non è libera in casa sua?».

Un lieve rossore si diffuse sul volto di Josepha. «Allora starò a casa, naturalmente» disse.

La vita aveva ripreso a scorrere su binari ordinati. Il barone era felice. Quando si svegliava di notte, il nuovo lume del droghiere Moritzi rischiarava la camera. Poi il barone andava nello studio, accendeva un'altra candela, rivedeva le carte, leggeva l'ultimo numero della rivista della polizia e di tanto in tanto scriveva una breve annotazione.

A volte, quando sembrava tutto in ordine, e nonostante il buio fuori dalla finestra la vita gli appariva spensierata, quasi un po' noiosa, prendeva da dietro l'armadio una cartella da disegno. Già sciogliendo il nodo era colto da una profonda inquietudine. La cartella conteneva un unico disegno che per lui era sempre motivo di turbamento. Nessun altro doveva vederlo, nessuno doveva sapere che era in suo possesso. Tendeva l'orecchio nel silenzio della casa, e apriva la cartella solo quando era certo che nessuno lo avrebbe sorpreso. L'artista si chiamava come lui. Johann Heinrich. Lo sapeva anche se il disegno non era firmato. Nessuno avrebbe apposto la propria firma sotto un disegno simile. Lo aveva ricevuto in via riservata da un mercante d'arte di Basilea, in aggiunta a due incisioni a colori di Johann Jakob Biedermann e a un grazioso acquerello di Gabriel Lory figlio, che rappresentava una transumanza alpina. Le incisioni incorniciate erano esposte nella Stube dei von Mont, la transumanza nell'atrio. Ma il disegno non era pensato per essere appeso a una parete. Il mercante che l'anno prima si era recato a Coira glielo aveva mostrato a quattr'occhi, e lo aveva definito una questione scabrosa. Non aveva intenzione di venderlo, voleva consegnarlo a mani fidate, a una persona di rango che decidesse cosa farne. Tuttavia, aggiunse dispiaciuto il mercante d'arte, aveva sostenuto alcune spese...

Nessuno tranne il barone aveva mai visto il disegno. Era di un pastore zurighese che aveva dovuto fuggire per motivi politici. Nel frattempo in Inghilterra aveva acquisito grandissimo prestigio come pittore, ed era diventato direttore della Royal Academy of Arts. Per il barone era incomprensibile che un ex pastore avesse potuto disegnare una cosa simile. Non avrebbe saputo descrivere quel disegno a parole.

Cosa rappresentava? Be', un uomo nudo era coricato su un letto con gli occhi bendati. Legato mani e piedi, giaceva indifeso sulla schiena. L'andamento era tutto orizzontale, tranne un elemento verticale. Una donna lo baciava sulla bocca, un'altra faceva qualcosa per cui non esisteva definizione accettabile.

Con un forte batticuore il barone richiuse la cartella, fece un nodo stretto e la ripose dietro l'armadio. Poi andò in camera e si coricò accanto alla moglie, correndo volentieri il rischio che si svegliasse.

Alla fine della settimana un evento mise di nuovo a repentaglio il mondo ordinato del barone von Mont. Giunse nel suo ufficio un altro messaggero del landamano Locher, questa volta con una notizia: una contadina di Versam aveva sporto denuncia contro il marito. La notte dell'omicidio, aveva dichiarato la donna, al mulino dello stagno c'era anche lui, insieme con il fratello.

64

«Ci avete mentito!».

Il giudice istruttore era nella cella davanti a Rimmel, in ginocchio sul pavimento di pietra nella divisa bianca da carcerato. Il barone von Mont gli aveva intimato di inginocchiarsi. Stare comodamente seduto non si addiceva a un assassino bugiardo.

«Quando avrei mentito?» disse Rimmel con voce lamentosa. Le palpebre tremolavano nervosamente più che mai. Lo sguardo pareva ribaltarsi dietro la fronte.

Il giudice si grattò il mento e guardò oltre le mura, come se cercasse qualcosa. «Non ricordate forse?».

«Ho confessato, ho detto tutto».

«Tirategli su la camicia!» ordinò il giudice.

Il sergente Caviezel gli sollevò la camicia sulla testa, Rimmel non vide più niente e la schiena rimase nuda. Poi il giudice alzò tre dita, un segno per il gendarme Venzin, che levò il braccio e colpì Rimmel sulla schiena con una verga di nocciolo grossa un dito. Rimmel urlò e si torse dal dolore.

«La corte non tollera di essere presa in giro!».

La verga calò per la seconda volta sulla schiena nuda. Rimmel urlò da sotto la camicia. Venzin tese il braccio e assestò la terza frustata.

«No!» urlò Rimmel. Sulla schiena si delinearono tre striature rosse.

«Avete mentito» ribadì il giudice.

«Quando?».

«Lo sapete benissimo».

«Non mi ricordo. Non riesco a ricordare. Cosa vuole sapere?».

«La sera dell'omicidio eravate solo al mulino?» chiese il giudice.

Rimmel si mise a piagnucolare.

«Cosa rispondete?».

«No!».

«Chi c'era oltre a voi?».

Piagnucolio.

Il giudice alzò un dito. Venzin si sentì toccato nell'amor proprio e mise tutta la sua forza in quell'unica frustata. Rimmel urlò e si contorse.

«Parlerò» si udì a malapena da sotto la camicia. Dall'ultima striatura il sangue colava sulla schiena. Il giudice fece un gesto e Venzin tirò giù la camicia al prigioniero.

«La nostra pazienza sta per finire,» lo ammonì il giudice «questa è la vostra ultima occasione di dire la verità su quanto è successo quella sera».

«Siamo andati al mulino per prendere un sacco di riso, solo un sacco di riso».

«Di chi parlate?».

«Martin e Hansmartin Bonadurer. Di Versam. Sono fratelli. Volevamo prendere un sacco di riso al mulino».

«Rubare, volete dire?».

Rimmel annuì e fissò impaurito la verga di nocciolo che il gendarme Venzin teneva in mano.

«Raccontate con ordine quello che è successo!» ordinò il giudice.

«Lavoravo per loro. Per Hansmartin Bonadurer di Versam. C'era anche suo fratello. Ci siamo detti che al mulino di Bonaduz si poteva prendere un sacco di riso senza tanti problemi».

«Chi ha avuto l'idea?».

«Io. Ero spesso dal mugnaio, e avevo visto com'era facile. Quella sera sono andato per primo, e dovevo fare un segnale. Volevo dare un sonnifero al mugnaio, e anche alla serva. E quando si fossero addormentati, avrei fatto un segnale agli altri. E poi io e il mugnaio abbiamo cominciato a litigare, come ho detto. Non ho mentito. Ho già raccontato tutto. È successo come ho raccontato. Ho ucciso io il mugnaio e le serve. I due Bonadurer sono arrivati solo quando stavo lottando con la serva sulla scala. Quando ho alzato la scure uno di loro ha urlato: Non farlo! Ma era troppo tardi. Martin, il fratello più giovane, mi ha aiutato a mettere il mugnaio sul letto, vicino alla serva. Poi siamo andati via. Questi sono i fatti».

«E perché non lo avete detto durante il primo interrogatorio?».

«Sono povera gente, i Bonadurer, piccoli contadini, non hanno quasi niente da mangiare. Volevo risparmiarli».

«Domattina redigeremo il verbale dell'interrogatorio» decise il giudice. «E se sarà necessario, chiederemo al boia di essere presente. Sa fare il suo mestiere. Ha già aiutato altri a ricordare. Capite cosa intendo?».

«Non c'è bisogno del boia» affermò Rimmel a testa bassa. «Dico la verità, adesso e anche domani».

65

Allora è andata così, pensò quella sera il barone von Mont. Non era solo. E non era poi così mingherlino.

«Domattina dobbiamo ripartire» disse. La moglie chiese: «Di cosa parli?».

«Nel caso di Bonaduz c'è una svolta. I due nuovi gendarmi mi accompagneranno. Cerchiamo due sospettati di Versam. Se tutto va bene, la sera sarò di nuovo a casa».

«Se tutto va bene?». La moglie era già a letto. Aveva due cuscini dietro la schiena e lo guardava svestirsi. «Significa che potrebbe anche andare male?».

Lui appese la redingote al servo muto e sciolse il nodo della sciarpa bianca che portava al collo: «Non penso. Siamo in tre, bene armati, e dobbiamo arrestare due contadini. Inoltre possiamo chiedere rinforzi a Bonaduz. Non è questo che mi preoccupa. Ma il tempo peggiorerà. Domani ci saranno temporali».

«Non puoi mandare i gendarmi da soli?» chiese la moglie.

«Versam non è lontana» disse il barone. «E i due nuovi non hanno ancora molta esperienza. La sera sarò di ritorno».

«Non mi piace quando devi andare tu stesso tra le montagne in cerca dei criminali».

«Anche questo rientra nei miei compiti».

IV

Smarrito è il mio cuore,
la costernazione mi invade;
il crepuscolo tanto desiderato
diventa il mio terrore.

Isaia 21, 4

66

La mattina dopo al Sennhof Hostetter e Rauch attaccarono i due morelli alla carrozza. Caricarono armi e provviste, aspettarono che il barone salisse e partirono. Ems, Reichenau e Bonaduz, lo stesso tragitto che avevano già percorso. Dopo Bonaduz la strada passava davanti al mulino. Si addentrarono nella valle senza fermarsi, presero poi la strada che scendeva alla Rabiusa e, superato il ponte, attraversava il bosco su per la montagna.

Il sole splendeva ancora mentre i cavalli procedevano al passo lungo la salita per Versam, ma all'intorno già si andavano profilando sul crinale nubi bianche che si addensavano sempre più. Hostetter tirò i freni e rimase seduto a cassetta. Rauch accompagnò il giudice. Bussarono alla prima porta che trovarono e si fecero spiegare dove abitavano i Bonadurer. Giunti alla casa, venne ad aprire una bambina scalza con un vestito rattoppato, e guardò i due uomini impaurita. L'uno gigantesco, redingote grigia, colletto verde e risvolti delle maniche verdi, l'altro un signore distinto, redingote grigiazzurra e sciarpa candida annodata ad arte, entrambi con la sciabola al fianco. Quando entrarono, Rauch dovette chinare la testa. In cucina videro una donna scarna al focolare e una frotta di bambini a tavola. La tavola non era apparecchiata, ma ogni bambino teneva in mano un cucchiaio di legno e aspettava. La donna aveva raccolto i capelli neri in una crocchia morbida. Vedendo la sua pelle abbronzata il barone pensò a quella candida di sua moglie. La donna rimestava in un tegame con un mestolo di legno. Rauch vide cosa c'era da mangiare, polenta e Rösti, e guardò affamato nella padella, poi ricordò il suo dovere e disse: «Questo è il signor giudice istruttore di Coira!».

Né speck né cipolle, pensò il giudice e disse: «Signora Bonadurer? Cerchiamo vostro marito».

«Se n'è andato» rispose la donna, mentre grattava il fondo della padella con il mestolo. «Sono giorni, ormai» disse.

«E dov'è?».

«Non lo so» rispose. «È da un pezzo che non mi dice più dove va né cosa fa».

«Possiamo parlare a quattr'occhi?» chiese il barone von Mont.

Con una mano la donna prese un tagliere e lo pose al centro del tavolo, con l'altra ci mise sopra la padella pesante e disse ai figli: «Cominciate pure ma fate attenzione, scotta!».

Mentre i bambini cominciavano a mangiare dal tegame, il barone von Mont e Rauch (con un'ultima occhiata al cibo) seguirono la donna nell'ingresso.

«Avete dichiarato» disse il giudice «che la notte dell'omicidio vostro marito era al mulino?».

«Sì».

«Da chi lo avete saputo?».

«Da lui».

«Allora ve l'ha detto lui?».

«Sì».

«Quindi era là».

«Sì, con suo fratello e Rimmel».

«Che altro sapete?».

«Niente, solo che c'erano anche mio marito e mio cognato. Lo ha ammesso in uno scatto d'ira. E ha detto di farmi gli affari miei».

«E ora dove sono?».

«Non lo so. Ma forse sono insieme. Non deve più tornare a casa. È più semplice se non è qui. È vero che Rimmel è stato arrestato?».

«È vero» disse il giudice. «È ben custodito nel carcere di Coira e avrà la giusta punizione. Ora dobbiamo trovare vostro marito e suo fratello».

«Una volta li ho sentiti parlare» disse Anna Bonadurer. «Di alcuni uomini di Valendas. Dev'essere una combriccola allegra, c'è sempre qualcosa da bere e un posto per dormire. Credo che mio marito ci sia stato anche prima».

«Avete sentito un nome?» chiese il giudice.

«Parlavano di un certo Alois».

Il giudice fece cenno a Rauch di prendere nota. Rauch frugò nella cacciatora a tracolla e tirò fuori il calepino e il lapis che facevano parte del suo equipaggiamento, poi inumidì la punta del lapis con la lingua.

«Alois di Valendas,» ripeté il giudice «questa è una buona indicazione».

Entrambi guardarono Rauch, che scarabocchiava concentrato alcune lettere nel calepino.

In cucina le voci diventarono urla.

«Ora dovreste tornare dai bambini» disse il giudice.

«Che ne sarà di Hansmartin se lo trova?» chiese.

«Dipende da quello che ha fatto» fu la risposta.

67

Pranzarono nell'unica osteria di Versam. Un locale basso, un solo grande tavolo con panche di legno, il pasto comprendeva zuppa d'orzo, pane, formaggio, acqua. I cavalli rimasero attaccati. Hostetter e Rauch li sorvegliarono a turno. Non volevano perdere tempo.

Mezz'ora dopo trottavano a monte della Ruinaulta verso Carrera. La strada era accidentata, ma la carrozza aveva buone sospensioni a molle. Oscillava come una barca sulle onde e sbandava. Hostetter sperava che il barone non attribuisse quel dondolio alle sue scarse capacità di cocchiere. Si sporse indietro e chiese se doveva rallentare. Il giudice fece cenno di no e gridò dal finestrino aperto: «Avanti, avanti!».

Hostetter non invidiava il giudice istruttore. Era di gran lunga superiore a lui, naturalmente, di origine nobile, aveva incarichi, possedimenti, un vasto sapere e, così immaginava Hostetter, poteva decidere tutto. Eppure questo gli pareva anche un peso e una grave responsabilità. Lui stava a cassetta e teneva le redini, il vento della corsa gli passava tra i capelli, accanto gli sedeva Rauch, un aiuto sempre affidabile nelle difficoltà. Che altro voleva di più! Non avrebbe fatto cambio con il barone, sballottato di qua e di là nella carrozza, costretto a essere informato di tutto.

Le nubi si accumulavano da ogni parte sui crinali e le cime. I tremila a nord erano già completamente coperti, Piz Barghis, Piz Dolf, Piz Sardona e Vorab. Le nubi erano scure e cariche d'acqua. Ai loro occhi si offriva una vista vertiginosa sul Reno, che si snodava a quattrocento metri sotto di loro nella gola, un serpente verde nel bianco dei detriti morenici. Il percorso in quel superbo scenario, sotto la fitta coltre di nubi temporalesche, con una carrozza impareggiabile (se solo la carrareccia fosse stata migliore) facevano dimenticare a Hostetter il vero motivo per cui erano in viaggio.

Un'ora dopo giunsero al villaggio di Carrera, un pugno di case e stalle. I contadini erano tutti nei prati per mettere al riparo il fieno prima che si scatenasse il temporale. Fecero sosta presso il fabbro di Carrera e abbeverarono i cavalli. Rauch si guardò intorno nella fucina, mentre Hostetter asciugava i cavalli con una manciata di fieno e strigliava le criniere e le code.

Il giudice parlò con il fabbro. Chiese di Rimmel e del mugnaio, si fece raccontare ancora una volta la storia del cane rubato. Poi chiese dei fratelli Bonadurer e di un certo Alois di Valendas.

«Manica di ubriaconi!» sbottò il fabbro di Carrera. «Con loro bisogna mettere tutto sotto chiave. Rubano i campanacci dal collo delle vacche. Cacciano di frodo e vanno dietro alle donne. Il gendarme di Ilanz non può fare niente contro di loro. Non si sa mai cosa stanno escogitando. A Valendas li hanno scacciati con i randelli. Chiedete in giro, ve ne racconteranno di tutti i colori».

«E i due Bonadurer fanno parte della banda?» chiese il giudice.

«Sì, a volte ci sono anche loro, soprattutto il più giovane».

Le mosche gli volavano davanti alla faccia e non riusciva a scacciarle. «Cristo!» imprecò, agitando la mano in aria. «Oggi verrà giù un diluvio, tuonerà» rise e indicò il cielo.

Le nubi erano diventate nere, il vento alzava mulinelli di polvere del fieno.

Dopo la breve sosta proseguirono. Il sentiero si addentrava nella gola della Carrera, oltrepassava un ponte e usciva dalla forra, finché dopo la curva successiva apparve il villaggio.

Valendas era appena un po' più grande di Carrera. La piazza era cinta da case borghesi con graziose facciate. In piazza c'era una fontana di legno talmente grande che si sarebbe potuto nuotarci dentro. La ornava una statua lignea che rappresentava un'ondina. Hostetter fece bere i cavalli. Rauch accompagnò il barone per il villaggio. Chiesero di un certo Alois e raccolsero solo sguardi stupiti.

«Alois?» disse un vecchio. «Alois non si azzarderà a tornare per i prossimi cent'anni. Questo è sicuro. Non a Valendas. Ne aveva prese troppe quando lo abbiamo scacciato. Stavano giù da Jörimann, la banda al completo, ma noi li abbiamo stanati col fumo, quei delinquenti. Abbiamo dato fuoco alla baracca, così non tornano più».

«Chi è questa gente?» chiese il giudice.

«Be', allora, Alois. E un certo Clavadetscher. Della maggior parte di loro non si sapeva nemmeno il nome».

Rauch tirò fuori di nuovo il calepino e il lapis.

«Alois Clavadetscher?» chiese il giudice.

«No no, Alois Kaufmann. E Clavadetscher Heiri».

Hostetter annotò i nomi sporgendo la punta della lingua dall'angolo della bocca.

«E i fratelli Bonadurer di Versam? Fanno parte della banda anche loro?».

«Il più giovane sì, Hans di Pitasch. L'altro non proprio. Ma è strano che chieda di lui».

«Perché strano?».

«Perché è venuto qui a cercare suo fratello».

«Quando?».

«Qualche giorno fa, la settimana scorsa, venerdì. Gli ho detto che Alois era scappato con la sua banda, aveva lasciato il villaggio, era andato dai romanci. A leccarsi le ferite».

Il barone guardò la valle. Dall'altra parte del Reno c'era il villaggio di Sagogn, e subito dopo Schleuis con il castello di Löwenberg, possedimento della famiglia von Mont. Il castello era vuoto da tanti anni ormai. Le finestre erano state scassinate. Attirava losche canaglie, gli aveva scritto il presidente della Lega Grigia da Ilanz. Gli abitanti del villaggio non riuscivano a sorvegliarlo. Finora suo padre non si era deciso a vendere la proprietà. Non se ne interessava nessuno. Non era un pensiero piacevole, ma se le tracce dei sospettati portavano a Löwenberg, doveva seguirle.

68

La ricerca dei fratelli Bonadurer andava per le lunghe. Al barone quella storia non piaceva per niente. Non aveva messo in conto che sfuggissero all'arresto. Aveva pensato che si fossero fermati a Versam in attesa del suo arrivo. Che idea stupida, si disse il barone. In fin dei conti li aspettava il patibolo. Sempre che avessero partecipato all'omicidio. La fuga sembrava confermarlo. O temevano solo la giustizia?

Ormai era pomeriggio, e il cielo si era oscurato da far paura. Alcuni raggi di sole balenavano da sotto il manto nuvoloso e accendevano una macchia qua e là nella valle, poi tornava subito buio. Spirava un vento inquieto. Non ci sarebbe voluto molto prima che scoppiasse il temporale.

La carrozza seguiva la carrareccia in discesa verso il Reno lungo ripidi tornanti, i cavalli procedevano al passo. Il barone von Mont pensava a dove passare la notte. Era troppo tardi per fare ritorno a Coira. Ci sarebbe voluto un giorno intero.

La notte imminente, la minaccia del temporale, il viaggio in carrozza peggiorarono rapidamente il suo stato d'animo. Gli zoccoli battevano sulla carraia, le ruote facevano fracasso, la carrozza cigolava. Il barone fu assalito da un malessere che non era dovuto agli scossoni. Cattivo umore, presagi, frammenti di ricordi. Odiava quella condizione e cercava sempre di evitarla in tutti i modi. Rifletté se non sarebbe stato più opportuno andare subito a Ilanz e cercare un buon alloggio per la notte. Poi avrebbe potuto mettere insieme una squadra e perlustrare il castello alle prime luci del giorno. Ma forse a quel punto i ricercati sarebbero stati già lontani. Sulla via di Ilanz sarebbero comunque passati per Schleuis. Il castello era vicinissimo. Hostetter e Rauch erano uomini coraggiosi. Lo avevano dimostrato. Potevano controllare se al castello era tutto in ordine e poi continuare per Ilanz.

Adesso aveva la carrozza più veloce del cantone, pensò, eppure il viaggio prendeva troppo tempo. Avrebbe voluto recarsi nei possedimenti di famiglia in Valtellina, quelli che erano stati i possedimenti della famiglia von Mont. Avrebbe potuto esaminarli di persona e fare una stima del terreno. Si aspettava un risarcimento considerevole che avrebbe compensato la perdita dei beni. Per la nuova strada del passo dello Spluga ci volevano ventisette ore di carrozza da Coira a Tirano. Comprese le soste era un viaggio di tre, quattro giorni. Il barone pensò ai colloqui con Georg Vieli al castello di Rähzüns e con il presidente della Lega Grigia von Marchion al palazzo del governo di Coira. Grandi statisti grigioni che riponevano piena fiducia in lui, un uomo di trentatré anni. Ora forse sarebbe andato perfino a Berna come commissario. Lo spaventava solo il lungo viaggio.

Il barone von Mont sentì il brontolio del tuono. Il suo malumore crebbe. Il rombo durava a lungo, era regolare, troppo regolare, non era un tuono, pensò. Gli zoccoli battevano e le ruote cerchiate di ferro rintronavano su listoni di legno. La carrozza passò un ponte e affrontò la salita dall'altra parte del Reno. Si sarebbe potuto ancora tornare indietro e andare a Ilanz. Ma il barone fece proseguire Hostetter per la destinazione stabilita. Avanti per Sagnon fino a Schleuis, al castello di Löwenberg.

69

«Bien di buna dunna. Veis udiu enzatgei d'enzacons umens ch'ein i cheu tras vies vitg?»[2] gridò il giudice a una donna.

Hostetter fermò i morelli. Il barone scese e si diresse verso di lei.

2. Per la traduzione del dialogo in sursilvano vedi p. 207 (N.d.T.).

Se aveva sentito parlare degli uomini, tradusse Rauch per Hostetter, che non capiva il romancio.

Nel prato prima del villaggio si caricavano su un carro le ultime forcate di fieno. Tuonò forte e il brontolio rimbombò lungo le pareti rocciose.

La donna stava tornando al villaggio. Aveva un fazzoletto in testa e portava un rastrello sulla spalla.

«*Co han quels num?*» chiese.

«*In ei in cert Alois Kaufmann da Valendau,*» disse il giudice «*l'auter ha num Hans Bonadurer. Nus essan dalla polizia cantunala e tscherchein quels umens. Els ein metschafadigias, lumbarduns, palanders, vagabunds*».

«Vagabondi» disse Rauch, Hostetter disse: «Questo l'ho capito anch'io».

«*Displascheivlamein sai jeu da nuot*» disse la donna scuotendo la testa. «*Quella glieud enconuschel jeu buc. Il davos temps ei schabegiau nuot tier nus*».

«*Engraziel,*» disse il giudice «*e sin seveser!*».

«*A bien seveser!*» disse la donna.

Il giudice risalì in carrozza e fece cenno a Hostetter di continuare.

«Cos'ha detto?» chiese Hostetter.

«Non sa niente, non ha visto nessuno» disse Rauch.

I cavalli scuotevano la criniera, si frustavano con la coda e pestavano gli zoccoli per scacciare mosche e tafani. Hostetter schioccò la lingua e li batté sulla groppa con le redini. I morelli cominciarono a tirare la carrozza e attraversarono il villaggio.

Il vento soffiava a folate impetuose, i tuoni rimbombavano, poi il convoglio avanzò contro una parete d'acqua. Diluviava con violenza inaudita. Hostetter e Rauch sedevano piegati a testa china e si tenevano stretti al sedile.

Johann Heinrich von Mont era all'asciutto nella carrozza, ma non gli piaceva per niente.

70

La carrozza era una camera buia, assediata e scossa dallo scroscio della tempesta. Johann Heinrich von Mont aveva dieci anni. Era il 1798, sedeva in una carrozza e fuori cadeva una pioggia violenta e ininterrotta. Era un milord a quattro ruote con la seduta imbottita, il mantice e la cassetta scoperta. Inadatto a un viaggio piuttosto lungo con il maltempo. Ma si era pensato che per un bambino di dieci anni e due persone di servizio sarebbe stato sufficiente. Accanto a lui sedeva la serva Onna Balugna. La pioggia li spruzzava in faccia. Si erano riparati le ginocchia con una coperta di lana, resa pesante dall'umidità. Felix, il servo, sedeva esposto alla pioggia, una figura afflosciata senza testa.

La strada costeggiava il fiume gonfio. Acqua grigia che correva nella stessa direzione della carrozza. All'improvviso la vettura sprofondò di lato, ci fu uno sbalzo violento e Heinrich e Onna Balugna vennero proiettati in avanti contro la cassetta. All'improvviso l'acqua fu dappertutto. Sembrava sprizzare dal terreno. Il servo era scomparso. Davanti a sé Heinrich vide la groppa fradicia del cavallo. Parve che volesse balzare in cielo, ma il peso della carrozza glielo impedì e lo tirò in basso. Il cavallo nitrì per il terrore, sembrò il ruggito di un grosso animale da preda. Poi tutto sprofondò nell'acqua, Heinrich fu spazzato via, non vide più niente, né il cavallo né la carrozza, Onna Balugna o Felix. Solo l'acqua fredda che lo trascinò con sé.

71

Hostetter e Rauch procedevano al trotto nella pioggia ed erano bagnati fradici. La carrareccia alta sul Reno portava al villaggio di Schleuis. Le montagne erano ammantate di nubi spesse. Il vento portava ancora forti rovesci.

Quando cadeva un fulmine, i cavalli bagnati brillavano nella luce abbagliante. I loro nitriti erano nervosi e aggressivi. Che azzardo essere per strada con quel tempaccio. L'acqua scorreva lungo la strada e scavava solchi profondi nel fango. In quali condizioni sarebbe stata l'indomani! Un letto di torrente, non una carraia. Scrosci e gorgogli da ogni parte. Quando entrarono al passo nel villaggio, della carrozza nera non si sentiva nulla, e quando si fermò nessuno uscì di casa. L'acqua scrosciava dai tetti, faceva tracimare botti e fontane e si apriva un passaggio nei vicoli.

Lo sportello della carrozza si spalancò, un ombrello nero si aprì, il giudice scese e ordinò a Hostetter di aspettare. Rauch accompagnò il barone a una casa. Bussarono, ma dapprima non successe nulla. Aspettarono sotto la tettoia. Il tempo passava. Il barone chiuse l'ombrello e tornò a bussare. Finalmente la porta si socchiuse e una donna anziana li guardò.

«Buona sera» disse il barone.

Lo sguardo diffidente della donna passò dall'uno all'altro, poi alla carrozza nera, immobile nella pioggia battente.

«Il padrone è in casa?» domandò il barone.

«Il vecchio o il giovane?».

«Non importa, basta che ci sia qualcuno».

«Lei chi è?».

«Non mi conoscete?» chiese il barone di rimando.

«No» disse la vecchia con una certa esitazione.

«Heinrich».

«Gesù! Ora sì: Heinrich! Che sorpresa. Sono passati... già, quanto tempo è passato?».

«Da quando la nostra famiglia si è trasferita? Ventitre anni» rispose il barone.

«Entrate! Buon Dio, ventitre anni!» ripeté, poi spalancò la porta e gridò dentro casa: «Fidel! Guarda chi c'è».

Li precedette nell'ingresso pavimentato con grandi lastre di pietra. Rauch si chinò e seguì il barone.

Si trovavano in casa del vecchio amministratore della famiglia von Mont. La chiave del castello di Löwenberg veniva custodita ancora qui. Il contadino Fidel Caprez era ormai oltre i sessanta, camminava curvo e storto, li guardò di sbieco da sotto in su e fu felice di rivedere il barone. All'epoca il trasferimento della famiglia von Mont in Tirolo aveva causato grande subbuglio. E ora il ragazzo di un tempo gli stava davanti nelle vesti di giudice istruttore cantonale.

Già, e adesso non aveva tempo di sedersi a tavola e fare quattro chiacchiere sugli anni passati. Cercava due fratelli che di nome facevano Bonadurer, uno di Versam, l'altro di Pitasch. Probabilmente erano in compagnia di un certo Alois Kaufmann di Valendas e altri tipi loschi. Fidel Caprez conosceva quella gentaglia.

«Forse sono al castello?» chiese il giudice, il contadino rispose: «Potrebbe essere».

Il giudice chiese se si potevano mettere insieme alcuni uomini e perlustrare il castello.

Fidel Caprez si grattò il mento ispido e annuì. «Hanno messo al riparo tutti i carri di fieno e ora sono nella stalla o a casa».

Prese una mantella dall'attaccapanni, cappello e bastone. «Preparagli qualcosa di caldo da bere finché torno» disse alla moglie e andò alla porta.

«Una mezza dozzina di uomini basteranno» disse il barone e lo seguì.

Fidel Caprez borbottò qualche parola di assenso, poi uscì nella pioggia, passò accanto alla carrozza e scomparve tra le case. Rauch raggiunse Hostetter, che stava vicino ai cavalli. Il barone si fermò sotto la tettoia e ascoltò lo scroscio costante. Alcune gocce gli caddero sul viso, lievi contatti di un tempo passato. Piccole dita delicate che si protendevano verso di lui, lo sfioravano leggere.

72

La corrente lo trascinò via. I suoi piedi toccarono il fondo, incontrarono sassi e sabbia, ma riuscì a tenere la testa fuori dall'acqua. Poi si impigliò nei rami di un albero dilavato e proteso nel fiume. Le sue mani trovarono rami a cui afferrarsi. Con tutte le sue forze si tirò a riva, e riuscì ad arrampicarsi fuori dall'acqua.

Ti sporchi tutto, pensò avanzando carponi fra la sterpaglia, il terreno era bagnato e fangoso, e si alzò in piedi. Non sapeva dov'era. Carrozza e cavalli erano scomparsi, anche il servo e Onna Balugna. Era fradicio. Le scarpe con i lacci, le calze bianche, i pantaloni gialli, la camicia con la sciarpa annodata ad arte, la redingote, tutto era pesante d'acqua e imbrattato di fango. Si aspettava un rimprovero, ma non c'era più nessuno che potesse sgridarlo. Non capiva cosa fosse successo alla carrozza. Perché tutti fossero affondati nell'acqua all'improvviso. Come se il fiume li avesse afferrati da dietro e inghiottiti. Ora sprofondava nella melma cercando un passaggio attraverso la sterpaglia della riva, e si allontanò dalla corrente furiosa. Giunto a una certa distanza si fermò e cominciò a chiamare esitante: «Onna? Felix?». Venne sera e calò il buio, la pioggia cadeva incessante.

La carrozza, il cavallo, i due accompagnatori, l'acqua aveva trascinato via tutto, pensò Heinrich. Aveva dieci anni, aveva imparato a leggere e scrivere, sapeva conversare in romancio e tedesco, faceva bei disegni e suonava il flauto, ma nessuno lo aveva preparato a un evento simile. Era lontano da casa, dal castello di Löwenberg, da Schleuis, dal Grigioni, e ancora distante dalla località straniera che avrebbe dovuto raggiungere. Non conosceva la strada, né se ne vedeva alcuna. Non sapeva il nome del borgo più vicino, non sapeva il nome della valle, sapeva solo che due giorni prima aveva passato la frontiera asburgica. L'unica certezza era di essere riuscito a salvarsi dal fiume impetuoso. Oppure non era così? Forse non era salvo? La regione appariva irreale. La terra nera, le piante di un verde luminescente. Le foglie gocciolavano, procedeva attraverso un fitto sottobosco, poi un bosco. Le felci gli arrivavano al petto, alcune gli sfioravano il volto. Continuava a piovere, la luce del giorno andava scemando.

Prima che facesse buio, nel bosco trovò un grande fienile. S'intrufolò attraverso il portone accostato per sfuggire finalmente alla pioggia. All'interno non si vedeva quasi nulla. Attraverso le tavole delle pareti trapelavano deboli strisce di luce. Almeno l'ambiente era asciutto, anche se c'era uno strano odore.

All'improvviso sentì che non era solo.

C'era qualcosa vicino a lui o davanti a lui. Qualcosa gli si muoveva intorno, indefinito ma vivo, ombre in movimento che respiravano, sussurravano, tossivano. Avvertì una mano che gli tastava la spalla, dita che gli tiravano i vestiti. Poi ancora sussurri, un sibilo. Gli occhi si erano abituati all'oscurità e individuarono figure indistinte, grandi e piccole. Fuori diluviava. Aveva freddo, sebbene fosse estate. Aveva paura, non sapeva dove si trovava, né chi o cosa si aggirasse intorno a lui. Le figure sussurravano. Sentì le loro dita sbottonargli e sfilargli la redingote. Poi la sciarpa e la camicia, le scarpe e perfino le calze bianche. Non voleva lasciarsi togliere i vestiti, anche se erano fradici, ma nessuno glielo chiese. Rimase in camiciola e pantaloni, al buio. Sussurri e bisbigli continuarono, ma ora fu lasciato in pace. Si mise seduto per terra e si appoggiò alla parete. Le deboli strisce luminose tra le tavole erano scomparse. Era immerso in una completa oscurità. Sarebbe stata quella la sua vita d'ora in poi? Con figure senza volto in un fienile buio? Pensò di essere già morto, annegato nel fiume, approdato al regno dei morti. Poi qualcuno gli stese sopra una coperta, che puzzava e gli grattava la pelle.

73

Qualcosa tirò il barone per la manica e lo strappò ai suoi ricordi. La donna era uscita dalla casa e gli offrì una tazza di latte bollente. Il barone l'accettò con riconoscenza.

Frattanto arrivavano sempre più uomini, tutti con pellegrina e cappello. Si radunarono comunque sotto la tettoia, al riparo dalla pioggia. Avevano in mano robusti bastoni che di solito usavano per condurre il bestiame, e lanterne e fiaccole non ancora accese. Il barone strinse la mano a ciascuno di loro. Poi arrivò Fidel Caprez con gli ultimi tre.

«Siamo pronti» disse.

«Ora cosa facciamo?» chiese uno.

«Staniamo quei delinquenti col fumo» disse Caprez.

«Come sapete, il castello di Löwenberg è disabitato da più di vent'anni» esordì il barone. «Vi trovano rifugio bande di fuorilegge. È possibile che tra quella gentaglia ci siano i due fratelli Hansmartin e Hans Bonadurer. Il cantone ha diffuso la scheda segnaletica dei sospettati dell'omicidio al mulino di Bonaduz. In qualità di giudice istruttore e capitano del corpo dei gendarmi chiedo il vostro sostegno. Tutti coloro che troveremo nel castello verranno arrestati. Come giudice istruttore assumo il comando, e in caso di resistenza o tentativo di fuga vi conferisco espressamente il diritto di ricorrere alla forza. Ma solo a mani nude o con i bastoni. Non sono ammesse altre armi o attrezzi quali forconi o scuri. I gendarmi Hostetter e Rauch sono armati di schioppi e pistole e possono sparare ai fuggitivi. Prendete corde sufficienti per legare gli arrestati. E fiaccole e lanterne. Sarà buio quanto arriveremo al castello».

«La luce ci tradirebbe,» obiettò Caprez «ci vedranno prima che siamo là. Dobbiamo intervenire al buio».

«La legge non ha bisogno del buio» disse il barone.

«Non vogliamo lasciarci scappare quella marmaglia,»

insistette Caprez «dobbiamo prendere fiaccole e lanterne, ma le accenderemo solo quando saremo nel castello».

«D'accordo» acconsentì il barone. «Noi andremo avanti in carrozza fino all'altura, poi ci divideremo e presidieremo le vie di fuga. Non faremo rumori inutili. Il gendarme Rauch vi guiderà a piedi».

Il gruppo raggiunse la carrozza e la seguì verso la parte alta del villaggio. Fidel Caprez era salito a cassetta e indicava la strada a Hostetter. Il barone sedeva da solo nella carrozza. Sotto la pesante coltre di nubi scure si era fatto buio presto.

74

Quella volta era finito in un gruppo di mendicanti. Poveri derelitti, forse una dozzina. Uomini, donne, bambini, sporchi, puzzolenti, vestiti di stracci. Creature affamate lo guardavano con occhi lucidi, come piccoli buchi nella testa. Heinrich non aveva mai visto esseri come quelli. Ne aveva sentito parlare spesso, dei vagabondi, della canaglia randagia, ma questi erano molto diversi da come se li era immaginati. Erano spaventosamente magri e brutti, e puzzavano in un modo così strano. Indosso ad alcuni di loro vide i suoi vestiti, la redingote, la camicia. In cambio gliene diedero una lacera e grezza. Ora la sciarpa bianca ornava il collo dell'uomo che comandava il gruppo e che gli altri chiamavano Hannes.

Quando si fece giorno, l'uomo spinse anche Heinrich fuori dal fienile. Lo presero con sé, attraversò il bosco insieme con quegli sbandati. Passarono giorni. Si meravigliava che evitassero di avvicinarsi alle case e aggirassero i villaggi. Tranne che all'alba e all'imbrunire. Allora aspettavano nella boscaglia, mentre Hannes si dirigeva con alcuni di loro verso le abitazioni. L'attesa era breve, al loro ritorno il branco si allontanava nel bosco. La sera accendevano un fuoco, e una volta spennarono e arrostirono un pollo. Heinrich guardava, attanagliato dai morsi della fame. Non capiva bene la loro lingua, solo alcuni comandi che gli venivano impartiti: vieni! Zitto! In piedi! Seduto!

Una volta, ai margini di un villaggio, Heinrich fece per avviarsi verso una casa di contadini, ma Hannes lo afferrò per il collo, lo tirò indietro, lo trascinò via con sé e lo lasciò libero solo dopo un'eternità. Heinrich non capiva perché Hannes non lo lasciasse andare.

In quella banda di straccioni c'era una figura scarna, Heinrich non sapeva se fosse un uomo o una donna, giovane o vecchia. Finché vide che il fagotto sul suo seno era un neonato. Era lei, ragazza o giovane donna, a preoccuparsi che anche Heinrich ricevesse un boccone del misero cibo. Non aveva mai dovuto azzuffarsi per ottenerlo, strapparlo di mano ad altri, difenderlo a pugni. Lo faceva lei per lui, lesta e con artigli affilati. Heinrich le stava il più vicino possibile. Di notte la giovane gli stendeva sopra la propria coperta. Non sapeva da quanti giorni e notti fosse in cammino con quella marmaglia. Non parlava mai con nessuno. Non capiva la loro lingua. Il suo silenzio divenne costante e profondo.

Aspettava di essere salvato. Immaginava che suo padre comparisse nel buio con una lanterna e lo trovasse. Non capiva cosa facevano quelle figure quando si aggiravano nell'oscurità. Non sapeva da cosa si nascondevano e perché non volevano lasciarlo andare. Non capiva perché di notte, nel buio, si picchiavano e lottavano l'uno contro l'altro. Sentiva i loro ansiti, i gemiti, a volte le urla, e fissava il vuoto nero.

75

Dai muri del castello venivano voci lontane.

O era solo immaginazione? Nel frattempo era calata la notte, e il temporale era diventato una pioggia continua. Hostetter aveva fermato i cavalli su un'altura a monte del villaggio, e il barone era sceso subito. Si trovavano sul lato settentrionale del castello. Anche se non si vedeva nulla, il barone sapeva quale vista meravigliosa celava l'oscurità. I primi dieci anni della sua vita li aveva trascorsi lì, e il paesaggio della Surselva si era impresso in lui per sempre: l'ampia valle tra Sagogn e Ilanz, il Reno, il vicino villaggio di Schleuis, Castrisch e Sevgein sul versante opposto. In quel momento del castello si vedeva solo un muro alto senza finestre.

Gli uomini erano in attesa di ordini. Il barone li divise a coppie per sorvegliare le uscite laterali e le finestre da cui si poteva fuggire. Lasciò il più giovane a guardia dei cavalli.

«Aspetteremo al portone principale,» disse sottovoce «finché sarete tutti ai vostri posti e accenderete le lanterne. Quando saremo pronti Caprez aprirà il portone, Hostetter, Rauch e il resto della squadra entreranno con me. Tutti coloro che si trovano all'interno saranno catturati e legati, senza eccezione. Andiamo!».

In un istante la metà degli uomini era scomparsa nel buio della notte. Von Mont guidò gli altri davanti al portone. All'interno si sentivano ancora le voci, anche se incomprensibili. Comunque nel castello c'era qualcuno.

«Ci vuole luce,» sussurrò il barone «accendete le fiaccole. Ormai le vie di fuga sono sorvegliate».

Ci volle un po' prima che gli uomini tirassero fuori i fiammiferi e accendessero le fiaccole resinose. Hostetter e Rauch si tolsero i fucili di tracolla.

«Aprite!» sussurrò il barone. Si udì il cigolio stridulo e sommesso di una grande chiave, che con estrema circospezione Caprez aveva infilato e girato nella serratura.

76

Un sogno, cani, un abbaiare frenetico di cani che lo svegliavano e continuò quando ormai aveva aperto gli occhi. Dagli alberi cadevano gocce di pioggia, in alto trapelava un debole chiarore. Heinrich si era svegliato, sentiva i cani e non sapeva se quella luce crepuscolare fosse l'alba o il tramonto. Tutt'intorno a lui gli altri raccattarono in fretta i loro stracci e scapparono. Heinrich ebbe paura e li seguì. Dietro di loro si udivano latrati e richiami. Correvano e inciampavano nel bosco. I cani erano più veloci. Heinrich cadde, si rialzò, riprese a correre. Cercarono scampo in una gola, ma le pareti a destra e a sinistra si stringevano sempre più, felci, massi, finché fu impossibile continuare. Allora gli inseguitori li raggiunsero, uomini con randelli e cani legati a lunghi guinzagli. Percossero e radunarono coloro che non ce l'avevano fatta. Anche Heinrich si prese la sua parte. Lui e una mezza dozzina di vagabondi furono legati insieme con una corda al collo. Alcuni erano riusciti a fuggire. I cani erano furiosi, sbavavano, abbaiavano e cercavano di azzannare i prigionieri.

La giovane tentava di convincere gli uomini e indicava Heinrich. Continuava a ripetere la stessa frase. Non ne era sicuro, ma credeva di capire: «Noi non siamo dei loro!».

Che lui non lo fosse, lo sapeva meglio di chiunque altro. Ma perché la ragazza diceva *noi*?

Gli uomini li condussero attraverso il bosco. La corda sfregava il collo e faceva male quando si tendeva perché qualcuno era inciampato o caduto. Ai margini di un villaggio furono spinti in una fossa. Sopra di loro, più in alto di dove arrivavano le mani, fu posta una grata. Sedevano per terra, piangevano e si lamentavano. La fossa era stretta e alta, come una grande tomba, il fondo era fangoso, ma Heinrich era contento che i cani non potessero più fargli nulla.

77

«Ricorda la strada?» sussurrò Fidel Caprez.

Il barone fissò l'apertura nera. Il vecchio Caprez aveva socchiuso il portone. Le fiaccole proiettavano un bagliore tremulo sull'edificio diroccato. Accanto a loro una figura alta sovrastava le altre.

«Rauch va per primo, poi Hostetter» ordinò il barone. «Caprez rimane con qualcuno a guardia del portone. Gli altri ci seguano. Una luce per me!» disse, e si fece dare una lanterna da uno degli uomini. La luce inquieta vagò sui muri e sul soffitto a volta della sala d'ingresso. Un doppio scalone dai larghi gradini di pietra saliva al piano superiore. Il barone indicò a sinistra. Hostetter e Rauch andarono avanti, gli altri li seguirono. Giunsero a una grande porta a due battenti. Si udivano delle voci, ora più distinte, qualcuno gridò qualcosa, risate di risposta.

«Aprite!» ordinò il barone, senza preoccuparsi più di parlare sottovoce. Hostetter spalancò la porta e si precipitò dentro seguito da Rauch, anch'egli con il fucile spianato, gli altri si accalcarono dietro di loro. Era il salone del castello di Löwenberg, alto, lungo, tinteggiato di bianco. L'ampio camino sul fondo era sormontato dal grande stemma della famiglia von Mont, dipinto sulla parete: un unicorno dorato in campo azzurro. Nel camino bruciavano sedie fatte a pezzi. Davanti al fuoco sedevano cinque uomini con calici e bottiglie in mano. Si voltarono impauriti e fissarono la squadra.

«Vi trovate nella mia casa!» gridò il barone nella sala e avanzò verso il camino. Hostetter e Rauch puntarono i fucili contro gli uomini che balzarono in piedi, impugnando improvvisamente bastoni, scuri e coltelli. Tranne uno, che rimase seduto con la testa ciondoloni.

«In nome del Canton Grigioni!» rimbombò la voce del giudice. «Deponete le armi! Siete tutti in arresto!».

Gli uomini esitavano, ma i fucili puntati contro di loro, le uniformi dei gendarmi, il numero degli avversari e l'autorità del giudice istruttore finirono per convincerli e le armi caddero a terra.

«C'è qualcuno di nome Bonadurer tra voi?» chiese il barone. Uno degli uomini indicò quello seduto sul pavimento: «Lui! E anche lui» disse additando l'altro in piedi accanto al primo.

«C'è ancora qualcun altro nel castello?».

L'uomo scosse la testa.

Gli uomini furono legati insieme per le mani e condotti in cantina, sotto la sorveglianza di due contadini di Schleuis.

78

Heinrich dovette passare una notte con la marmaglia nel fango. La mattina un uomo comparve sopra la grata e gridò loro qualcosa. La ragazza tirò su Heinrich. L'uomo spostò la grata da una parte e calò una scala nella fossa, poi scese. Spinse Heinrich verso la scala e gli fece segno di arrampicarsi. Strappò il fagotto con il bambino dalle braccia della giovane e salì anche lui. La ragazza implorava e urlava, lo afferrò per i vestiti e cercò di seguirlo. L'uomo la colpì in faccia con lo stivale, lei cadde all'indietro nella fossa e la scala venne ritirata.

Il lattante fu consegnato a una donna che lo avvolse in una coperta e lo portò via con sé. Heinrich era circondato da persone mute, con volti ostili. I pantaloni e la camiciola strappata erano fradici e sporchi. Come il suo viso e i capelli. Fu spinto dall'uno all'altro finché si trovò davanti a un uomo con il pastrano nero.

«Come ti chiami?» gli chiese in tedesco.

«Heinrich».

Dalla fossa giungevano ancora le urla della ragazza.

«Solo Heinrich?» chiese l'uomo.

«Johann Heinrich von Mont».

Un mormorio si levò tra la gente.
«Da dove vieni?».
«Dal castello di Löwenberg».
Il mormorio si fece più inquieto.
«E dove si trova il castello di Löwenberg?».
«A Schleuis» disse, e aggiunse: «Devo andare alla Fürstenburg, al ginnasio».
«Già, e come ci sei finito in mezzo a queste canaglie, in nome di Dio?».
«La nostra carrozza è precipitata nel fiume, nell'acqua».
Il mormorio divenne un vociare concitato e confuso. La gente si segnò, levò gli occhi al cielo e cominciò a pregare.
Heinrich venne accolto in casa del parroco, fu lavato, nutrito e vestito a nuovo. Dovette raccontare più volte che fine aveva fatto la carrozza, da dove veniva, dove voleva andare. Come se non gli credessero. Poi fu inviato un messaggero alle autorità per comunicare la notizia dell'incidente e diramare le ricerche dei dispersi. Durante la notte Heinrich rimase sveglio in una camera, tra lenzuola pulite, senza riuscire a prendere sonno. Tendeva l'orecchio nel buio, ma fuori non si sentiva nulla.
Il giorno dopo il parroco uscì con lui dal villaggio. Accanto alla fossa era montata una grezza impalcatura di legno. Gli abitanti guardavano le figure magre che venivano tirate fuori dalla fossa e sospinte verso l'impalcatura. Il parroco leggeva la Bibbia a voce alta. Da una traversa pendevano tre corde che finivano con un cappio. Nessuno fece resistenza quando gli uomini gli misero il cappio al collo e gli diedero un colpo alla schiena. Fecero un passo come per saltare dall'impalcatura sul prato e rimasero appesi in aria con un sussulto, poi oscillarono con i piedi al di sopra del terreno. Alcuni si dimenarono e sussultarono con violenza prima di restare immobili. La donna che lavorava in casa del parroco era dietro Heinrich e gli aveva messo le mani sulle spalle.

«Sono ladri,» mormorò «malvagi, senzadio».

Vide mettere il cappio al collo della ragazza. Lei aveva chiuso gli occhi e muoveva le labbra, come se stesse parlando con qualcuno. Poi fu spinta in avanti, cadde, ebbe un sussulto e rimase immobile.

Quattro giorni dopo il padre venne a prendere Heinrich e lo portò alla Fürstenburg, che da allora fu la residenza di famiglia.

79

Il barone von Mont trascorse la notte al castello con Hostetter e Rauch e i cinque prigionieri. Il fuoco del camino nel salone fu mantenuto vivo tutta la notte. I cavalli erano stati alloggiati nella stalla. Il fieno era stravecchio e polveroso, ma lo mangiarono ugualmente. Fidel Caprez tornò al villaggio con i suoi uomini. Per desiderio del barone lasciarono al castello diverse lanterne e fiaccole. Inoltre promisero che avrebbero portato da mangiare.

In adempimento del proprio ufficio il barone colse l'occasione per sottoporre a un primo interrogatorio i fratelli Bonadurer. Il maggiore ammise subito il proposito di rubare un sacco di riso e si mostrò pentito. Erano arrivati troppo tardi per impedire a Rimmel di compiere il crimine. Il minore, Hans Bonadurer, si ostinò nel suo silenzio, e nonostante alcuni ceffoni che Hostetter gli assestò con il dorso della mano, dichiarò che quella sera si trovava al mulino per caso. Dell'idea del furto non sapeva niente, disse. Quando il barone gli oppose la dichiarazione del fratello, sostenne di non ricordare più un tale accordo. Comunque con gli omicidi non c'entravano niente, e non avevano rubato nulla.

«Al Sennhof di Coira» disse il barone visibilmente irritato «avremo altri strumenti per indurvi a parlare».

I fratelli vennero chiusi in cantina con gli altri prigionieri. Hostetter e Rauch li sorvegliarono a turno.

Il barone era seduto nella sala e fissava il fuoco.

Non era quello che aveva auspicato: dichiarazioni contradditorie, mezze verità nebulose, la casa paterna in rovina, in balia della plebaglia. Sulla parete scura sopra il camino, dove non arrivava il chiarore del fuoco, l'unicorno si impennava nello stemma dei von Mont. Si alzò, tenne una fiaccola tra le fiamme finché si accese. Gli avrebbe spremuto la verità fino a farla gocciolare parola per parola, come succo da frutti maturi. Alla lunga nessuno resisteva alla paura del dolore.

Con la fiaccola in mano vagò nel castello. Era freddo e sporco, le ragnatele pendevano in ogni angolo, sul pavimento c'erano escrementi di topo, la polvere ricopriva i pochi mobili di scarso valore lasciati dai genitori dopo il trasloco. Quasi tutte le stanze erano vuote. Nella sua vecchia camera c'era qualcosa per terra, che in un primo momento scambiò per topi morti. Abbassò la fiaccola e vide che erano escrementi umani. In passato i cinque uomini sarebbero stati decapitati seduta stante.

La finestra era un rettangolo nero che non offriva alcuna vista sulla valle. Cercò di ricordare il suo addio a quei luoghi, ma non ci riuscì. In primo piano continuavano ad affollarsi le immagini del viaggio, l'incidente con la carrozza, l'esecuzione dei ladri vagabondi. Si vedeva davanti la ragazza, gli uomini che le mettevano la corda al collo e le davano una spinta. Forse avrebbe potuto aiutarla. Avrebbe potuto fare qualcosa, avrebbe potuto gridarlo alla donna della canonica, che stava dietro di lui e gli aveva messo le mani sulle spalle, al parroco, a tutti, che la ragazza lo aveva difeso con altruismo, gli aveva procurato da mangiare, gli aveva salvato la vita. Invece non aveva fatto niente. Aveva taciuto senza opporsi. La ragazza fu spinta giù dall'impalcatura, i suoi piedi trovarono il vuoto, cadde, si fermò con un sussulto e restò appesa, immobile. La corda le aveva spezzato l'esile nuca.

Tratto in salvo e tornato in famiglia, nella nuova residenza alla Fürstenburg, Heinrich venne a sapere come era successo l'incidente. Quando la carrozza era sprofondata con una ruota sulla strada erosa, il servo Felix Caderas era stato sbalzato dalla serpa. Aveva avuto la fortuna di cadere tra i cespugli, e non nel fiume. Dapprima fu accusato della disgrazia. Probabilmente Onna Balugna era annegata, ma non era mai stata ritrovata. Il cavallo era riuscito a mettersi in salvo sulla riva, del milord non erano rimaste che le stanghe spezzate. Solo in seguito era emersa l'entità della devastazione causata dal maltempo. Per questo il servo non fu punito, ma venne licenziato e dovette tornare nel Grigioni.

All'epoca il barone aveva dieci anni, ora trentatré. I tempi erano cambiati? Non molto. Adesso era lui a procedere con severità contro la marmaglia. Era gente disperata, ma la legge era legge. Chi ammorbidiva la legge a propria discrezione e per misericordia, ne minava la forza. Spettava ad altri occuparsi dei bisognosi. Non mancavano certo persone di valore che si prendevano cura di loro. Johann Heinrich Pestalozzi si immolava per i poveri. Era il direttore di una scuola sul lago di Neuchâtel. Anche uomini come lui erano importanti. Anch'essi contribuivano a fronteggiare i tempi bui. Ciascuno aveva il proprio compito. Il suo era la legge. La Giustizia reggeva una bilancia in una mano, una spada nell'altra. E aveva gli occhi bendati. Compassione e pietà non dovevano annebbiare il giudizio. Avevano impiccato uomini affamati, e lui stesso aveva assistito senza ribellarsi. La gente avrebbe forse dato ascolto a un fanciullo di dieci anni?

80

Alle prime luci del giorno i cinque prigionieri furono stipati nel compartimento della carrozza munito di sbarre. Durante il viaggio di ritorno a Coira, che durò tutta la giornata, si lasciarono alle spalle Sagogn, Laax, le case nella foresta di Flims, il mulino di Trin, Trin, Tamins, Reichenau, Ems. A mezzogiorno, nella foresta di Flims, gli uomini poterono scendere e fare i propri bisogni sotto la stretta sorveglianza di Hostetter e Rauch. Due volte gli fu dato da bere. La sera del 26 luglio il convoglio arrivò al Sennhof di Coira. Fu necessario lavare il compartimento con diverse secchiate d'acqua, perché durante il viaggio uno degli uomini aveva vomitato.

Franz Rimmel, che apprese dell'arresto dei fratelli Bonadurer dalla guardia, chiese di fare una nuova dichiarazione. In cella confessò al giudice di non avere detto la verità neppure nel corso della seconda deposizione. In realtà lui aveva ucciso solo il mugnaio. I fratelli Bonadurer, affermò, avevano fatto la stessa cosa alle serve.

Il giudice respinse bruscamente la nuova confessione. Tre versioni della dinamica dei fatti? E ora avrebbe dovuto sceglierne una? Il tirolese si prendeva gioco di lui e si faceva beffe della corte. Era venuto il momento di ricorrere ad altri mezzi per fare luce sulla verità. Annunciò che l'interrogatorio sarebbe continuato il mattino dopo con l'intervento del boia Johannes Krieger.

Il turno di sorveglianza notturna era stato assegnato al custode Peider Paulin. Quando nel Sennhof calò il silenzio, Paulin ispezionò le porte e diede una breve occhiata nelle celle. In quel periodo il carcere era affollato. Una serva del Vorarlberg accusata di avere derubato il parroco di Maienfeld, un uomo che aveva sottratto una balla di venti cubiti di seta a un someggiatore, i due Bonadurer in celle separate, Rimmel e l'ergastolano Stockersepp. Tutti erano seduti o tranquillamente sdraiati sul loro giaciglio di paglia, dormivano o fingevano di dormire. Il custode andò nel posto di guardia, accese un lume e si mise a giocare a carte contro se stesso. Poi si coricò sulla brandina, si addormentò, si svegliò, prese la lanterna e fece un secondo giro di controllo.

Tutti giacevano in silenzio sulla paglia, tutti tranne il tirolese. Franz Rimmel era dietro la porta e fissava lo spioncino, come in attesa del custode. «Potete recitare una preghiera per me?» chiese Rimmel. Lui l'aveva dimenticata, purtroppo.

Paulin si stupì della richiesta e si fece diffidente. Non poteva aprirgli la porta, disse. Non era necessario, rispose Rimmel, gli sarebbe bastata una preghiera attraverso lo spioncino. Il custode Paulin non riuscì a rifiutare, e recitò l'unica preghiera che conosceva: Padre Nostro che sei nei Cieli, sia santificato il tuo nome, venga il tuo regno, sia fatta la tua volontà come in Cielo così in terra. Dacci oggi il nostro pane quotidiano e rimetti a noi i nostri debiti come noi li rimettiamo ai nostri debitori, e non ci indurre in tentazione ma liberaci dal male. Amen.

Rimmel parve contento e lo ringraziò. Il custode tornò nel posto di guardia.

Rimmel non era contento. Né di se stesso né del mondo. Aveva già passato undici giorni in quella cella. Aveva avuto tempo. Di riflettere su tutto. Non aveva bevuto altro che acqua. Tremava, e aveva pregato il custode di dargli un sorso di grappa. Era malato, aveva detto Rimmel, aveva dolore alle ossa, brividi, febbre, gli ci voleva una grappa. Il custode si era burlato di lui e gli aveva portato dell'acqua. Acqua chiara. Con altrettanta chiarezza vedeva ora davanti a sé il proprio destino: un omicidio o tre o cinque, come dicevano, perché entrambe le serve erano incinte, non facevano differenza. Franzisk del Lechtal sarebbe finito con il cappio al collo. In un modo o nell'altro, in ogni caso. E l'indomani mattina il boia sarebbe stato presente all'interrogatorio. Rimmel non osava pensare a quali strumenti e attrezzi avrebbe portato con sé. Né a quali sofferenze gli avrebbe inflitto.

Perché sottoporsi a quella tortura, se la fine sarebbe stata comunque la forca?
Aveva la possibilità di prendere una scorciatoia.
Si era fatto recitare una preghiera. Forse era troppo poco, ma era pur sempre una preghiera.
Perché quello che aveva in mente era il più grave di tutti i peccati.

81

Venerdì 27 luglio, la mattina presto, Franz Rimmel fu trovato morto nella sua cella. Si era cacciato in bocca il berretto di seta e il fazzoletto da naso e si era impiccato all'inferriata con le bretelle.
Il barone sbigottito stava sulla porta spalancata e fissava il corpo. Guardò il medico alzarsi e scuotere la testa. Qui non c'era più da trovare alcuna verità.
La corte decise di far trascinare il cadavere di Rimmel al patibolo su una pelle di vacca. Là lo avrebbero impiccato e sarebbe rimasto appeso come monito per tutti fino a quando non fosse caduto da sé. Perché ciò non si verificasse troppo rapidamente, venne commissionato al sellaio un particolare congegno di sospensione, una sorta di imbracatura.
Così venne disposto ed eseguito. Nel grande assembramento di popolo il cavallo con il cadavere scappò, ma un cittadino di Coira riuscì a riprenderlo. Il corpo di Rimmel fu impiccato sulla collina della forca a monte della città, ben visibile dalla strada per Malix e Churwalden.
L'ufficio del giudice istruttore dovette poi pagare il conto del sellaio, e al cittadino di Coira che aveva fermato il cavallo in fuga rilasciò una dichiarazione, con la quale si attestava non essersi trattato di azione disonorevole.
Gli interrogatori dei due fratelli continuarono al Sennhof per tutta l'estate. Mentre Hans negò con fermez-

za il suo coinvolgimento nel furto e nell'omicidio anche sotto tortura, Hansmartin ammise entrambi i crimini, per poi ritrattare una settimana dopo.

«Ma avete già ammesso quanto vi è stato contestato», obiettò il giudice con irritazione.

«L'ho fatto solo per porre fine ai dolori e ai tormenti» rispose Hansmartin Bonadurer.

Venne l'autunno, e il barone si diede per vinto. Non avrebbe saputo quello che era veramente successo la notte del 12 luglio nel mulino dello stagno. Con la violenza avrebbe ottenuto qualsiasi confessione, ma non era quello il modo di scoprire la verità. Non intendeva mostrare alcuna debolezza, ma lo tenne per sé e redasse l'atto d'imputazione.

Il processo contro Hansmartin e Hans Bonadurer si svolse il 27 ottobre 1821 nella Malefizstube, la sala delle udienze del municipio di Coira, davanti alla corte criminale cantonale e alla corte d'appello.

Considerate tutte le circostanze di reato che il barone von Mont aveva raccolto in modo meticoloso, la corte giunse alla conclusione che non si poteva dimostrare una partecipazione attiva dei fratelli all'eccidio. Ma fu provata la reità in merito ai seguenti fatti:

primo: di essersi dati appuntamento con Franz Rimmel al mulino dello stagno per commettere il furto, e dopo che Rimmel li aveva preceduti, di averlo raggiunto nottetempo con quella malvagia intenzione, armati di scure;

secondo: di essere sempre stati presenti mentre Rimmel commetteva l'omicidio delle tre persone e fino a quando anche l'ultima era stata uccisa, più o meno consapevoli di quanto stata accadendo, senza tentare in alcun modo di impedirlo, e senza cercare aiuto né a Bonaduz, né tanto meno presso il servo che si trovava in una stalla vicina, ma di essere tornati tranquillamente a casa dopo l'omicidio;

terzo: di non avere rilasciato alcuna dichiarazione legale neppure in seguito, ma di avere intenzionalmente celato e tenuto segreto l'omicidio e il nome dell'assassino che conoscevano, finché si fecero persuasi di rilasciare una dichiarazione in merito solo nove giorni dopo l'arresto di Franz Rimmel, quando dovettero riconoscere che non potevano più nascondere la propria presenza al momento del crimine. Perciò i fratelli Bonadurer non potevano essere considerati parte attiva ma, considerati i fatti suesposti, complici degli omicidi e del furto.

Pertanto in qualità di pubblico ministero il barone von Mont aveva chiesto la pena di morte per tali crimini.

La corte mostrò clemenza e così decise:

primo: per loro giusta punizione e come esempio deterrente agli altri, questo pomeriggio al tocco della campanella del municipio i due fratelli Hansmartin e Hans Bonadurer saranno consegnati al boia che, dopo averli esposti un quarto d'ora alla berlina con la gogna al collo, li condurrà per la Untere Reichsgasse fino alla Porta inferiore frustandoli a sangue, quindi di nuovo al municipio.

Secondo: i medesimi sono condannati alla pena del carcere a vita in catene.

Terzo: la metà di tutte le spese delle indagini e procedurali di ogni genere sostenute per tale crimine fin dall'inizio, per quanto concerne sia Franz Rimmel sia i fratelli Bonadurer, come pure dei costi di mantenimento dei tre accusati, sarà recuperata, per quanto possibile, dall'eredità di Franz Rimmel, principale esecutore, e ciascuno dei due fratelli Bonadurer dovrà pagare un quarto, tuttavia in modo tale che ciascuno dei tre correi resti obbligato solidalmente con gli altri all'estinzione di tutte le spese.

Quarto: se presto o tardi si potesse fornire prova completa della partecipazione attiva dei due fratelli Bonadurer all'omicidio, lo Stato si riserverà a tale scopo e in qualsiasi momento di continuare le indagini, e nel caso dovesse risultare una prova completa, di rinnovare la richiesta di condanna a morte; dopodiché si dovrà nuovamente decidere come sarà giusto deliberare.

Epilogo

Del minore dei fratelli Bonadurer si perdono le tracce in carcere, dove si suppone sia rimasto fino alla morte. Il maggiore fu graziato in tarda età e poté trascorrere gli ultimi anni in famiglia, a Versam.

Lo scambio epistolare tra il borgomastro della città, il Piccolo Consiglio e la corte criminale in merito alla rimozione anticipata del cadavere di Rimmel, a causa del fetore pestilenziale che faceva temere per la salute di quanti abitavano nei dintorni, all'inizio non ebbe seguito. Poi nel tardo autunno il corpo putrefatto scomparve. Corse voce che fosse stato eliminato segretamente: una storia di magia nera? A quei tempi si praticavano stregonerie di ogni sorta con i cadaveri, figurarsi cosa non si poteva fare con il corpo di un assassino! I particolari della scomparsa rimasero oscuri.

L'anno dopo l'eccidio il barone Johann Heinrich von Mont diventò padre per la prima volta. La bambina fu battezzata con i nomi Emilia Josepha Anna Lucrezia nella cattedrale della diocesi di Coira. In seguito ebbe altri cinque figli. Nominato commissario federale per gli stranieri nel 1826, il barone von Mont fu il primo a rivestire tale ruolo. Nel Canton Grigioni mantenne con successo per trent'anni le cariche di comandante della polizia, giudice istruttore e direttore del carcere, apprezzato e temuto per l'operosità, il rigore e la tenacia.

Per i beni confiscati dagli austriaci in Valtellina il barone non fu mai risarcito. Vendette il castello di Löwenberg nel 1830, alcuni anni dopo la morte di suo padre. Completamente distrutto da un incendio alla fine del XIX secolo, il castello fu ricostruito vicino all'antico sedime. Attualmente la residenza avita del commissario federale per gli stranieri ospita richiedenti asilo. Oggi il castello di Rhäzüns, antica residenza dello statista grigione Georg Anton Vieli, è di proprietà dell'imprenditore e politico dell'UDC Christoph Blocher.

Linus Hostetter e Karl Rauch rimasero di stanza a Coira per molti anni, e da gendarmi semplici furono promossi appuntati, Rauch ottenne perfino il grado di caporale. Come sottoposti diretti del giudice istruttore cantonale e comandante della polizia dovettero occuparsi di delitti e criminali di ogni genere. Ce ne sarebbero di storie da raccontare…

Un dettaglio in chiusura: nel 1859, tre anni dopo la morte del barone Johann Heinrich von Mont, anche a Coira venne introdotta l'illuminazione a gas.

Ringraziamenti
e bibliografia dell'autore

Desidero ringraziare Ines Vollador, direttrice del penitenziario Sennhof di Coira, per la gentile accoglienza e il permesso di visionare gli atti penitenziari del XIX secolo; Ulf Wendler, archivista municipale di Coira, per i preziosi suggerimenti; Sandra Nay e Franziska Gredig, dell'archivio di stato del Canton Grigioni, per l'aiuto nella ricerca dei verbali degli interrogatori; Thomas Hobi per la documentazione sull'epoca della creazione della polizia cantonale grigione; Alice Bonorand per la visita delle antiche stanze dell'Unteren Spaniöl, abitate dal barone von Mont nella Süßwinkelgasse; il signor Comini e Luzia e Othmar Dora-Bieler per le informazioni e la visita del mulino dello stagno; Luzi Jenny per l'aiuto nella trascrizione della scrittura gotica corsiva; Jenny e Thomas Beer per la traduzione di un dialogo in sursilvano; Menga Huonder-Jenny e Matthias Nawrat per la lettura critica del manoscritto.

L'idea di questo romanzo è nata nel 1978 all'Università di Zurigo durante una lezione del dott. Arthur Brühlmeier sulla vita e l'opera di Johann Heinrich Pestalozzi. La cronologia degli eventi narrati segue i verbali degli interrogatori. Da queste opere ho tratto ampie informazioni: Peter Metz, *Geschichte des Kantons Graubünden*; Friedrich Pieth, *Bündnergeschichte*; Benedict Mani, *Heimatbuch Schams*; Martin Bundi, *Von Mont – Demont. Familiengeschichte der von Mont aus dem Lugnez*;

Constanz Jecklin, *Chur vor hundert Jahren* (conferenza del 22.2.1901, pubblicata nel 1927); *Graubündnerischer Staatskalender für das Jahr 1821*; Johann Georg Krünitz, *Oeconomische Encyclopädie* (1773-1858; edizione online dell'Università di Trier); *Churer Zeitung*, anno 1821, *Historisches Lexikon der Schweiz* (articolo di Adolf Collenberg e Martin Bundi).

Due note della traduttrice

Ho scelto di mantenere in sursilvano il breve dialogo tra il giudice e la contadina (cap. 69) perché il lettore di lingua italiana possa calarsi nei panni di Hostetter. Ne fornisco qui la traduzione, anche per desiderio di Silvio Huonder.

Bien di buna dunna. Veis udiu enzatgei d'enzaconumens ch'ein i cheu tras vies vitg?
Buongiorno, buona donna. Avete sentito qualcosa di alcuni uomini che sono passati per il vostro villaggio?

Co han quels num?
Come si chiamano?

In ei in cert Alois Kaufmann da Valendau, (...), l'auter ha num Hans Bonadurer. Nus essan dalla polizia cantunala e tscherchein quels umens. Els ein metschafadigias, lumbarduns, palanders, vagabunds.
Uno è un certo Alois Kaufmann di Valendas, (...), l'altro si chiama Hans Bonadurer. Noi siamo della polizia cantonale e cerchiamo questi uomini. Sono scansafatiche, mascalzoni, canaglie, vagabondi.

Displascheivlamein sai jeu da nuot, (...). Quella glieud enconuschel jeu buc. Il davos temps ei schabegiau nuot tier nus.
Purtroppo non so niente (...). Questa gente non la conosco. Negli ultimi tempi non è successo nulla qui da noi.

Engraziel (...), *e sin seveser!*
Grazie, e arrivederci!

A bien seveser!
Arrivederci!

* * *

Le monete: mantenere i nomi originali o tradurre? Conservare l'effetto straniante che sorprende il lettore di lingua tedesca mi è parsa la scelta più rispettosa sia del testo sia del lettore della traduzione, anche perché non di tutti i termini esiste il corrispondente italiano. Il risultato sarebbe stato un problematico miscuglio di tedesco e italiano assai poco convincente, e avrei compromesso il senso di "guazzabuglio monetario" dell'epoca (v. anche cap. 13). Resta comunque aperta la via delle ricerche personali.

Ringraziamenti e dedica della traduttrice

Da Marianne Schneider, Sandro Bianconi e Silvio Huonder ho ricevuto conferme e consigli sussurrati con sentimenti di amicizia vera.

La mia traduzione è dedicata a Lara Ruggi, perché sa amare molte persone, i cavalli e tanto altro, e durante la stesura di questo lavoro ha condiviso con me un'avventura di pronto soccorso che meriterebbe di essere raccontata.

Indice

Finito di stampare
presso la Tipografia Stazione SA
Locarno
il 24 marzo 2017
giorno di S. Romolo

Collana «I CRISTALLI»

1. DENIS DE ROUGEMONT
La Svizzera – Storia di un popolo felice
prefazione di Emilio Raffaele Papa
traduzione di Emanuele Bernasconi

2. CONRAD FERDINAND MEYER
Il Santo – Assassinio in cattedrale
traduzione di Maria Cristina Minicelli
prefazione di Italo Alighiero Chiusano

3. JEAN RUDOLF VON SALIS
Dare ragione alla vita
Lo storico a colloquio con Klara Obermüller
traduzione di Valerio Ferloni
postfazione di Mario M. Pedrazzini

4. VICTOR HUGO
Viaggi in Svizzera
introduzione di Pierre-Olivier Walzer
traduzione di Paolo Vettore

5. ALFRED BERCHTOLD
Jacob Burckhardt, esploratore della storia
introduzione di Rosario Talarico
traduzione di Domenico Bonini

6. CORINNA BILLE
Il dolore dei contadini
prefazione di Dacia Maraini
traduzione di Alessandra Moretti

7. GONZAGUE DE REYNOLD
Città e paesi svizzeri
prefazione di Jean-François Bergier
traduzione di Ugo Gherner

8. HUGO LOETSCHER
Se Dio fosse svizzero
a cura di Mattia Mantovani

9. FRIEDRICH DÜRRENMATT - EGON KARTER
Colloquio sul teatro
introduzione di Giovanni Orelli
traduzione di Carlo Caruso

10. HENRI-FRÉDÉRIC AMIEL
Philine
prefazione di Daria Galateria
traduzione di Franco Pool

11. ADOLF MUSCHG
L'impiccato
introduzione di Claudio Magris
traduzione di Maria Cristina Minicelli

12. MAURICE CHAPPAZ
Ritratto dei Vallesani
introduzione di Flavio Catenazzi
traduzione di Alessandra Moretti

13. ROBERT WALSER
Una specie di uomini molto istruiti
a cura di Mattia Mantovani

14. JEREMIAS GOTTHELF
Il cugino ricco
a cura di Mattia Mantovani

15. MADAME DE STAËL
Dieci anni d'esilio
introduzione di Benedetta Craveri
traduzione di Carlo Caruso

16. EMMY BALL-HENNINGS
Caro signor Hesse – Lettere (1921-1948)
a cura di Amleto Pedroli

17. MONIQUE SAINT-HÉLIER
Una disperata felicità
prefazione di Isabella Bossi Fedrigotti
traduzione di Paolo Vettore

18. PETER VON MATT
La Svizzera degli scrittori
a cura di Mattia Mantovani

19. ISABELLE DE CHARRIÈRE
Tre donne
introduzione di Daria Galateria
traduzione di Giovanna Arcaini

20. JACQUES MERCANTON
Il pellegrinaggio della felicità
prefazione di Daniele Maggetti
traduzione di Paolo Vettore

21. PHILIPPE JACCOTTET
Paesaggi con figure assenti
a cura di Fabio Pusterla
postfazione di Piero Bigongiari

22. STEFAN ZWEIG
Sull'orlo dell'abisso
a cura di Mattia Mantovani

23. BENJAMIN CONSTANT
Anche gli angeli hanno la loro crudeltà
prefazione di Giuseppe Scaraffia
traduzione di Laura Este Bellini

24. STEFAN KELLER
Dalla Svizzera ad Auschwitz
a cura di Anna Ruchat

25. ULRICH BRÄKER
Vita di un poveruomo
a cura di Mattia Mantovani

26. ISO CAMARTIN
L'Europa, una patria?
a cura di Mattia Mantovani

27. PETER KAMBER
Storia di due vite – Wladimir Rosenbaum e Aline Valangin
prefazione di Luca Pissoglio e Rachele Allidi-Tresoldi
testi di Nelly Valsangiacomo, Michela Zucconi-Poncini,
Walter Schönenberger, Francine Rosenbaum
traduzione di Gabriella Soldini

28. FRIEDRICH GLAUSER
Annegare è il nostro destino
a cura di Bernhard Echte
traduzione di Gabriella de'Grandi

29. KAJ NOSCHIS
Carl Gustav Jung – L'ascolto del mondo interiore
con testi di Umberto Galimberti e Graziano Martignoni
traduzione di Giovanna Arcaini

30. GOTTFRIED KELLER
Martin Salander
a cura di Mattia Mantovani

31. FRANZ HOHLER
Il cavallo bianco
prefazione di Anna Felder
traduzione di Gabriella de'Grandi

32. PHILIPPE JACCOTTET
La poesia romanda
a cura di Fabio Pusterla

33. JEAN-JACQUES LANGENDORF - PIERRE STREIT
Il Generale Guisan e il popolo svizzero
prefazione di Achille Crivelli
traduzione di Gabriella Soldini

34. MAX FRISCH
Cercavamo braccia, sono arrivati uomini
a cura di Mattia Mantovani

35. FRANÇOIS GARÇON
Conoscere la Svizzera – Il segreto del suo successo
prefazione di Sergio Romano
traduzione di Salvatore Sottile e Christine Fornera

36. HERMANN HESSE
Incanto e disincanto del Ticino
edizione originale a cura di Volker Michels
postfazioni di Volker Michels e Sandro Bianconi
traduzione e cura dell'edizione italiana di Gabriella de'Grandi

37. ETIENNE BARILIER
Il decimo cielo
prefazione di Fabio Pusterla
traduzione di Laura Este Bellini

38. JOSEPH JUNG
Alfred Escher – Il fondatore della Svizzera moderna
traduzione di Fiorella Cavaniglia ed Ezio Plozner

39. YVETTE Z'GRAGGEN
Riconciliarsi con il padre
a cura di Grazia Bernasconi-Romano
introduzione di Raffaella Castagnola

40. ROGER FRANCILLON
Da Rousseau a Starobinski
prefazione di Fabio Pusterla
traduzione di Gabriella Soldini

41. EVELINE HASLER
L'ultima strega
prefazione di Nelly Valsangiacomo
traduzione di Franco Gilardi e Giovanna Planzi

42. FRIEDRICH DÜRRENMATT
La Svizzera, teatro del mondo
a cura di Mattia Mantovani
introduzione di Heinz Ludwig Arnold

43. ANNE-MARIE JATON
Charles-Albert Cingria – Lo scrittore dell'inatteso
traduzione di Vanni Bianconi e Yasmina Melaouah

44. CHARLES-FERDINAND RAMUZ
Adamo ed Eva
prefazione di Daniele Maggetti
traduzione di Paolo Vettore

45. JEAN-MARIE ROLAND DE LA PLATIÈRE
La Svizzera nel Settecento
postfazione di Giuseppe Ricuperati
traduzione di Paolo Vettore

46. HEINRICH ZSCHOKKE
La guerra civile nella Svizzera italiana
a cura di Marco Schnyder

47. GUSTAVE ROUD
Del camminare in pianura
a cura di Alberto Nessi
con un testo di Philippe Jaccottet
prefazione di Claire Jaquier

48. MAX FRISCH - UWE JOHNSON
Una difficile amicizia
edizione originale a cura di Eberhard Fahlke
traduzione e cura dell'edizione italiana di Mattia Mantovani

49. CHRISTINE LE QUELLEC COTTIER
Blaise Cendrars – Un uomo in partenza
prefazione di Matteo M. Pedroni
traduzione di Gabriella Soldini

50. PETER VON MATT
La Svizzera tra origini e progresso
prefazione di Alessandro Martini
traduzione e cura dell'edizione italiana di Gabriella de'Grandi

51. ALFRED ANDERSCH - MAX FRISCH
Cento passi di distanza
edizione originale a cura di Jan Bürger
traduzione e cura dell'edizione italiana di Mattia Mantovani

52. MAX FRISCH
Dal Diario berlinese
edizione originale a cura di Thomas Strässle
con la collaborazione di Margit Unser
traduzione e cura dell'edizione italiana di Mattia Mantovani

53. JEREMIAS GOTTHELF
Lo specchio dei contadini
a cura di Mattia Mantovani
prefazione di Peter von Matt
con una nota di Goffredo Fofi

54. FRANÇOIS GARÇON
La Svizzera – Il Paese più felice del mondo
introduzione di Mauro Baranzini
traduzione di Christine Fornera Wuthier

55. ANNE CUNEO
Carlo Gatti – Il bleniese che conquistò Londra
prefazione di Tiziana Mona
introduzione di Fernando Ferrari
traduzione di Luigi Colombo

56. LOTTY WOHLWEND - ARTHUR HONEGGER
Anime rubate - Bambini svizzeri all'asta
introduzione di Simona Sala
postfazione di Alex Pedrazzini
traduzione di Gabriella de'Grandi

57. SILVIO HUONDER
Il buio tra le montagne
a cura di Gabriella de'Grandi
prefazione di Fabio Pusterla

IN PREPARAZIONE

ANNE-MARIE JATON
Nicolas Bouvier – Parole del mondo, del segreto e dell'ombra
prefazione di Daniele Maggetti
traduzione di Gabriella Soldini

CESARE DE SETA
Le dita rosse e blu – La pittura di Hermann Hesse
con un contributo di Daniela Stroffolino
con acquerelli a colori di Hermann Hesse

CARL SPITTELER
Il Gottardo
a cura di Mattia Mantovani

CARL ALBERT LOOSLI
I contadini di Schattmatt
a cura di Gabriella de'Grandi

ALEXIS DE TOCQUEVILLE
La democrazia in Svizzera
a cura di Franco Monteforte
prefazione di Sergio Romano

VOLTAIRE
Gli anni di Ginevra e di Losanna
prefazione di Franco Monteforte
traduzione di Carlo Caruso